岁月满屋梁

许岚枫 著

Time With Beam

XU LAN FENG

江苏凤凰文艺出版社

JIANGSU PHOENIX LITERATURE AND
ART PUBLISHING, LTD

目录

林徽因·梁思成

一身诗意
千寻瀑

他曾问她："为什么选择我？"

她说："我会用一生来回答。"

◇林徽因与梁思成

1940年，冬，李庄上坝村。

这地处西南边陲的小村子原本只有几十户人家，却在1939年到1940年间，陆续迎来了国立同济大学、中央研究院、中央博物馆、中国营造学社等一大批高等学府和科研机构。

外面已是烽火连天，这里却因为偏僻贫穷而暂时被日军遗忘，有了些难得的安宁。许多人流徙千里，冒着生命危险来到这里，使得这个名不见经传的小村突然成了中国大后方的学术中心。

一个随父母而来的孩子问母亲："妈妈，如果日本人打到这里，我们怎么办？"

"中国读书人不是还有一条老路么？"母亲神色平静而淡然，"咱们家门口不就是扬子江么？"

孩子愣住了，他仰头看自己的母亲。她的眼神告诉他，她已经做好了赴死的打算，无论如何也不会向日寇屈服。那个瞬间，他突然觉得这仿佛已经不再是他所熟悉的那个慈母了，她眼里有一种坚定的神采，好像变成了另外一个人。

许多年后，长大了的他才明白，那种坚定便是知识分子的气节。

这位母亲便是林徽因，著名的建筑学家和诗人，中国20世纪30年代有名的才女。

1904年6月，在杭州陆家巷中，一个女婴呱呱落地。她降生在杭州最好的时节，初夏的风穿堂而过，空气中有栀子花的甜香。

这女孩便是林徽因。她最初被起名为"徽音"，是祖父起的，出自《诗经·大雅·思齐》："思齐大任，文王之母。思媚周姜，京室之妇。大姒嗣徽音，则百斯男。"

但是，当女孩长大之后，为了避免和当时一位男性作家林徽音相混，她将自己的名字改为了"林徽因"。

她说："我并不担心别人把我的东西当成他的，我只害怕人们把他的东西当成我的。"

她一直这样骄傲。

祖父给她起这个名字，是希望她继承中国女性温柔敦厚的传统美德。然而，长大后的林徽因没有表现出"三从四德"的恭顺，而是充满着西方的自由与独立精神。

这也许和她的成长经历有关。

林家是个大家族，翻译过《茶花女》的文学家林纾，写《与妻书》的林觉民，都是林家的人。

林徽因的祖父名叫林孝恂，是光绪年间的进士，曾留学日本，参加过孙中山领导的革命运动。而林徽因的父亲林长民也是时代的翘楚，曾两度留学东洋，投身辛亥革命，推行"宪制运动"，终身致力于公理与和平。

　　然而，林徽因的母亲并不受宠，她是浙江嘉兴一位小作坊主的女儿，不识字，也没有受过很好的教育，而且因出身商家而不善女红，因此不讨婆婆和丈夫的欢心。

　　林徽因八岁的时候，父亲又娶了一位程姓太太，是个上海女人，很会说话，又接连生了儿子，很快便赢得了林家的一致喜欢。

　　得宠的程氏二娘与她亲生的孩子住在宽敞明亮的前院，而林徽因的母亲则几乎被整个林家遗忘，和林徽因被安置在相对阴冷狭小的后院。在林徽因的童年记忆里，母亲的形象总是和怨言、泪水联系在一起，她几乎不记得母亲的笑容。

　　在这样的家庭里长大，林徽因一生都对封建思想深恶痛绝。她厌恶男子的"三妻四妾"，也不愿做恭顺谦卑的"贤妻良母"。长大后，她只要想到自己的童年，就会无比渴望一段完整的独属于她的爱情。

　　就在林徽因出生后不久，林长民去了日本早稻田大学留学，然后投身了辛亥革命。等到革命胜利，他出任了参议院秘书长，又一路升迁，直至国务院参事。随着林长民的升迁，林家也由南及北，从杭州到了北平。

林徽因渐渐长大，开始帮着料理家务。有一段时间，林家暂居天津，林徽因承担了家中一半的重担。那段时间，她照顾着两个母亲，照应着所有的弟妹，"她的早熟可能使家中的亲戚把她当成一个成人而因此骗走了她的童年。"

是环境将她逼得如此早熟。

很久以前，林徽因生过一场大病。病榻上，她听到母亲向管家讨钱，母亲希望在月钱之外再额外支些药费，可是管家拒绝了母亲的要求。于是，母亲大声同他争吵起来，但一切都于事无补，谁叫她是失宠的太太呢，在林家，连下人都不会买她的账。

那场病让林徽因突然看清了一个冷酷的事实，她靠不了母亲。如果她不够优秀，在这大家族里没有任何地位，她将会和母亲一起被摒弃。

因为懂得了这个道理，当她还是一个孩子时，就已经懂得如何让父亲和整个林氏家族的长辈喜欢。她学着将家务料理得井井有条，努力学习，成为兄弟姐妹中成绩最好的那个。

尽管很辛苦，但她做得很好，到最后，连二娘程桂林都不得不承认，林徽因是"父亲最宠爱的孩子"。

十六岁那年，她迎来了转机。

父亲写信给她："我此次远游携汝同行。第一要汝多观览诸国事物增长见识。第二要汝近我身边能领悟我的胸怀抱负。……第三要汝暂时离开家庭烦琐生活，俾得扩大眼光，养成将来改良社会的见解与能力。"

她喜极而泣。

那是1920年的春天，在中国的许多地方，女孩子们甚至还在裹脚，而她却有机会走出国门，随父亲游历欧洲，这是何等幸运。

父亲对她的喜爱改变了她的命运。

如果她是个不得宠的孩子，她也许会像北平大宅院里的那些姨太太的女儿一样，某一天被家人随便嫁了一个什么人。可她不甘心，她为改变这样的命运而付出努力。

她成功了，她的生命从此翻开一页全新的篇章。

他们乘坐Pauliecat号邮船抵达法国，尔后，她陪着父亲开始了长达四个月的旅行。他们一路走过巴黎、日内瓦、罗马、法兰克福和柏林，在父亲身边，她扮演了翻译和小女主人的角色，替父亲接待客人，陪同父亲参加各种社交活动。

父亲交游很广，来的客人都是精英人物：著名史学家威尔斯、大小说家哈代、美女作家曼斯菲尔德、新派文学理论家福斯特以及旅居欧洲的张奚若、陈西滢、金岳霖、吴经熊……这些人来做客，谈论的话题很广，涉及文学、社会科学、经济、哲学等许多方面，引经据典，嬉笑怒骂，有些谈话如能记录下来，应是一篇篇极妙的文章。

林徽因热情地招待着他们，年轻的她是一个最好的倾听者。她专注地听着他们的谈话，汲取其中的知识养分，几个月下来，她已在不知不觉中提升至一个新的层次。

旅行结束后，她和父亲在伦敦定居下来。她进入了圣玛莉女子学院（St.Mary's College）学习。在那里，她习就一口纯正的英文，许多年后，她还以一手漂亮的英文文章赢得众多赞赏。

离开了充满母亲的泪水和抱怨的大家庭，她在英伦的晨雾里渐渐长成一位美丽的少女。俏丽的瓜子脸，洁白如玉的肌肤，黑白分明的杏仁眼，浑身充满着江南小女子的灵气，那些西方人都称她是个"漂亮的中国瓷娃娃"。

她十六岁了，一些莫名的情绪潜滋暗长。

她开始隐约期盼爱情，像《牡丹亭》里的少女杜丽娘一样憧憬着能有个人来爱她，和她一起探知爱情世界的幽微隐秘。

她因等待而深感寂寞。

后来回忆中林徽因这样描述她的生活："我独自坐在一间顶大的书房里看雨，那是英国的不断的雨。我爸爸到瑞士国联开会去，我能在楼上嗅到顶下层楼下厨房里炸牛腰子同洋咸肉。到晚上又是在顶大的饭厅里（点着一盏顶暗的灯）独自坐着（垂着两条不着地的腿同刚刚垂肩的发辫），一个人吃饭，一面咬着手指头哭——闷到实在不能不哭！"

就在这时，一个长她七岁的男子出现了，他便是徐志摩。

他是林长民的朋友，出身浙江海宁一个富商家庭，其父是当时著名大实业家徐申如。在家中，他有一个名叫张幼仪的妻子，是上海宝山巨富张润之的次女，替他生得一个儿子。

徐志摩来到英国是为了投入哲学家罗素门下，然而遗憾的是，等他来到剑桥，罗素已经被学校除名了。于是，失望的他经由小说家狄更生介绍，进入剑桥大学皇家学院，研究政治经济学。

林徽因第一次见徐志摩的时候，张口便叫他"叔叔"，因为他是她父亲的朋友。这个称呼让在场的人都笑了起来。

之后，他们便熟悉了，徐志摩介绍了许多书给她，雪莱、济慈、拜伦、曼斯菲尔德和伍尔芙。她一一读了，再见他时，他们便一起讨论书中的内容。

他们常常沿着康河的岸边散步，午后的英伦有慵懒的阳光，淡淡洒落在他们肩头。他们聊某首诗、某部作品，评论的时候，她的眼里闪着明亮的光。

他惊讶于一个十六岁的少女会有如此犀利的见解，她的灵气打动了他。在她身上，他找到了他作为一个诗人梦寐以求的东西——爱、自由和美。

他全心投入到对她的迷恋当中。

这时候，他的妻子张幼仪从国内赶来，在沙士顿与他同伴。

张幼仪是个贤惠的妻子，将家中事务打理得井井有条。可她并不知道，他的心早已不在她身上，她做再多，他也只是视若无睹。

不久，张幼仪怀孕了。

他说："把孩子打掉吧。"

她轻声说："我听说有人因为打胎死掉的。"

他说："还有人因为坐火车死掉的呢，难道你看到人家不坐火车了吗？"

她沉默地流下眼泪。

他对她的泪水毫不动容，坚决地要求离婚。

张幼仪于他，就像一块横亘于他求爱道路上的石头，他急切地渴求搬开她，以为只要没有了幼仪的阻碍，就可以与林徽因——他心目中的女神——生活在一起。

然而，那不过是他的一厢情愿，他根本没想过，林徽因是否接受。

林徽因想到了自己的母亲，她无法想象自己将去顶替张幼仪的位置。这些年，父亲因为二娘的缘故，遗弃了她的母亲，她目睹了母亲是多么伤心难过。只要想到徐志摩无辜的妻子将因为自己而被抛弃，她就无比内疚和羞惭。

徐志摩的"爱情"于她而言只是悲剧，林徽因不愿陷入这样的三角关系中，就像母亲、二娘与父亲那样，那不是她要的。

在林徽因开始对爱情有憧憬的时候，便已下定决心，这一生她要一段完整的、纯粹的、只属于她一个人的爱情。

她不否认喜欢徐志摩，喜欢听他谈诗论文时那充满灵光的话语，和他一起读书时会心有灵犀，可那不是爱情。

不过，对于这个男人的才情，林徽因是有景仰之心的。林徽因的好友、哈佛大学教授费正清的夫人费慰梅[1]说："在多年以后听她谈到徐志摩，我注意到她的记忆总是和文学大师们联系在一起——雪莱、济慈、拜伦、凯塞琳、曼斯菲尔德、伍尔芙，以及其他人……他可能承担了教师和指导者的角色，把她引入英国的诗歌和戏剧的世界……"

在林徽因的心里，徐志摩充当的并不是一个恋人的角色，而更像一个亦师亦友的精神导师。

她的父亲林长民也反对他们交往。林长民以一个过来人的眼光看得很清楚，徐志摩并不适合做一个丈夫，诗人的天性让他只想追求一段浪漫的爱情，而根本没有考虑过徽因的声誉与前途。徽因那时只有十六岁，一个十六岁的少女与一个长她七八岁的已婚男人恋爱，并使得他抛妻弃子，可想而知会招致怎样的骂名。

林徽因是林长民最钟爱的女儿，他不允许这桩"绯闻"毁了她，他写了一封信给徐志摩——

志摩足下：

　　长函敬悉，足下用情之烈，令人感悚，徽亦惶
恐不知何以为答，并无丝豪（毫）mockery（嘲笑），

想足下悮（误）解耳。星期日（十二月三日）午饭，盼君来谈，并约博生夫妇。友谊长葆，此意幸亮察。敬颂文安。

弟长民顿首，十二月一日。徽音附候。

林长民为徽因做主，利落地结束了这段感情。

1921年10月，林长民带着林徽因回国，与徐志摩不告而别。

1931年12月，徐志摩飞机失事而亡。

当时他是为了赶去北平听林徽因在协和礼堂的建筑讲座。转眼，时光已倏忽十年，十年前，他为她离婚，十年后，在那个大雾弥漫的冬日清晨，他死在了去见她的路上。

林徽因将失事飞机的残骸收藏了一辈子。可是，她还是静静道："他若是活着，我待他恐怕也是不能改的了。"

成年后的她，比十年前更清醒自知。

她与他，虽"相逢在黑夜的海上"，亦在"交会时互放光亮"，却是"转瞬间消灭了踪影"。她和他，终不过"你有你的，我有我的方向"。

很多年后，林徽因和儿子谈起这段旧事时认真道："其实徐志摩爱的并不是真正的我，而是他用诗人的浪漫情绪想象出来的林徽因，可我其实并不是他心目中所想的那样一个人。"

谁及得上诗人想象中的女神完美？她也是人，任她红颜如花，也终有一天人老珠黄，任她才高过人，也终会生老病死。当恋爱的风花雪月转变成婚姻生活的柴米油盐，他是否还像当初那样痴狂地爱她，她很怀疑。

若是他们结了婚，徐志摩会发现，原来林徽因也会抱怨，也会发脾气，也会在岁月的流逝中长出皱纹。真到了那个时候，他会因失望而转身离开么？

她不知道，也不想用自己的一生赌这个答案。

她最终嫁的那个男子，名叫梁思成。

梁思成是梁启超的长子，最得梁启超钟爱。在清华学堂念书的时候，他便是校园里的风云人物，"清华学生中的小领袖之一"，他的同学评价他"具有冷静而敏捷的政治头脑"。

十七岁时，梁思成随父亲前往林家，第一次见到了林徽因。十四岁的林徽因面容仍带稚气，却生得亭亭玉立，"梳两条小辫，双眸清亮有神采，五官精致有雕琢之美，左颊有笑靥；浅色半袖短衫罩在长仅及膝下的黑色绸裙上；她翩然转身告辞时，飘逸如一个小仙子。"

他们第二次见面是在林徽因从英国回来之后。那时，林徽因正对建筑痴迷，她不断与梁思成谈着她的新兴趣，而他呢，"我当时连建筑是什么还不知道，徽因告诉我，那是包括艺术和工程技术为一体的一门学科。因为我喜爱绘画，所以我也选择了建筑这个专业。"

那时候，他们还没想到，建筑将成为他们毕生的追求。

1924年的夏天，志同道合的他们一起去了美国，入读于宾夕法尼亚大学。

林徽因非常适应美国的生活，她活泼的灵性在西方的独立民主精神中得到了释放，她在这环境中如鱼得水，受到了美国同学的一致欢迎。但是，她与梁思成的性格差异也在这时凸显出来。

"徽因舅妈非常美丽、聪明、活泼，善于和周围人搞好关系，但又常常锋芒毕露表现为以自我为中心。她放得开，使许多男孩子陶醉。思成舅舅相对来说比较刻板稳重，严肃而用功，但也有幽默感。"梁思成的外甥女如是说。

一个踏实沉稳，一个飞扬灵动，一个是大漠孤烟塞北，一个是杏花烟雨江南，他们的感情最初磨合得异常艰难。梁启超曾说："思成和徽音，去年便有好几个月在刀山剑树上过活！"

然而当这磨合期一过，两人却显示出"珠联璧合"。判若水火的性格反而让他们能奇妙地互补，在建筑一事上，他们配合得十分精彩。

"满脑子创造性的徽因常常先画出一张草图或建筑图样，随着工作的进展，就会提出并采纳各种修正或改进的建议，它们自己又由于更好的意见的提出而被丢弃。当交图的最后的期限快到的时候，就是在画图板前加班加点拼命赶工也交不上所要求的齐齐整整的设计图定稿了。这时候思成就参加进来，以他那准确而漂亮的绘图功夫，把那乱七八糟的草图变成一张清楚整齐能够交卷的成品。"[2]

"……母亲在测量、绘图和系统整理资料方面的基本功不如父亲，但在融会材料方面却充满了灵感，常会从别人所不注意的地方独见精彩，发表极高明的议论。那时期，父亲的论文和调查报告大多经过她的加工润色。父亲后来常常对我们说，他文章的'眼睛'大半是母亲给'点'上去的……"林徽因的女儿回忆道。

他们在宾大的成绩非常优秀，作业总是能得到很高的分数，除了偶尔第二，其余都是第一。建筑系当时的一位年轻讲师，也就是日后成为著名建筑师的哈贝森，曾夸奖他们的建筑图作业简直"无懈可击"。

他们彼此成就了对方，若梁思成是巍峨浑重的朗阔宫殿，林徽因便是殿外挂着银铃儿的檐角。她缺了他便没有根基，而他缺了她，便呆板毫无生机。

1928年3月，他们正式成婚。

他和她的结合，总被称作"金童玉女"，其实他们远非人们想象中的完美。梁思成跛脚，1923年，他参加5月7日的"国耻日"游行而受伤，从此落下终身残疾。而林徽因有严重的肺结核，低烧和咯血始终伴随左右，他们真实的生活也与"诗情画意"绝缘。

1937年，抗战爆发，他们流徙西南，为了有处居所，他们甚至"得亲自帮忙运料，做木工和泥瓦匠"。

在联大的时候，他们应校长梅贻琦的邀请，为联大设计校舍。他们一心想设计出中国最美的校园，可因为经费短缺，他们被迫将设计案由"高楼变成了矮楼，矮楼变成了平房，砖墙变成了土墙"。

每次改动心血，林徽因都伤心不已，可最终还是完成了。联大的校舍最后成了每一个中国农民都会盖的茅草房。

可是，那是全中国建造费用最低的茅草房。为了最大限度节省用料，争取以最少的经费修筑最多的校舍，曾经专注设计艺术品的他们为建造茅草屋竭尽了全力。

落成的那天，她流下了眼泪。

昆明只是一个开始，更艰难的时期是在李庄。

1940年11月，他们和营造学社的同事们一起搬到李庄，"……李庄距扬子江尽处只有三十公里（宜宾以上即称金沙江），而离重庆却有三天的水路，是个名副其实的穷乡僻壤。"

林徽因旧病复发，卧床不起，肺结核导致大口咯血。然而，整个李庄没有医院，也没有一位正式的医生，她根本得不到任何有效的治疗，唯一的一支温度计也被女儿打破，大半年无法测量体温。

因为战乱，他们的薪水不得不削减。通货膨胀愈演愈烈，那段时间，他们穷得连孩子们的鞋子也买不起，朋友偶尔从重庆或昆明带来一小罐奶粉，就是她最高级的营养品。

就在那样的境况下，她的病情一天天加重，"眼看着她消瘦下去，眼窝深陷，面色苍白，几个月的工夫，母亲就失掉了她那一向焕发美丽的面容，成了一个憔悴、苍老，不停地咳喘的病人……"

梁思成学着照顾她，为了给她增加一点营养，他把派克钢笔、手表都当了，换了钱买鸡蛋，还学会了腌咸菜和用橘子皮做果酱。他一手承担了所有的家务，煮饭、做菜、蒸馒头，甚至还充当"护士"的角色，学着给她打针。细心的他扎血管几乎没失过手。

但林徽因的身体到底还是垮了，从李庄开始，她的大部分时间便都在病床上度过。等抗战胜利后回到北平，她已经消瘦得可怕，尤其是去世的前几年，她的体重只有五十多斤，曾经的美貌早已荡然无存。

可他还是很宠她，不论她是当初那飘逸如仙的十六岁少女，还是现在疾病缠身、形销骨立的半老妇人。

50年代梁思成去美国学术访问的时候，别人带回来的纪念品都是服装和工艺品，他买回来的全是电子小玩意儿、可以调整的靠垫、活动读写架、录音机、扩音器……他想用这些小玩意儿丰富林徽因病床上的生活。

他宠她，宠到她开玩笑说自己爱上别人了，他听了尽管痛苦万分，却仍和她说，徽因，只要你幸福。

旁人提起他对她的宠爱，语气里都有微微的嫉妒："一起工作的时候，林徽因啊，从来只肯画出草图就要撂挑子，后面，自有梁思成来细细将草图变成完美作品。而这时，她便会以顽皮小女人的姿态出现，用各种吃食来讨好思成。"

她不是不能自己画，可是，她更愿意让他宠着她，而他，甘之如饴。

林徽因去世得很早，离开的时候只有五十出头。然而，她的一生虽短，却成就斐然，建筑学家、文学家、诗人……对美和艺术，她确实有着过人的天赋和敏锐的感知，然而，若没有他，她无法有此成就。

曾经和他们一起考察古建筑的朋友回忆道："当徽因休息好了的时候，她对于美丽的景色和有意思的遭遇报以极端喜悦，但是当她累了或由于某种原因情绪低落的时候，她可能是非常难对付的。当环境不好的时候我们大家都不好受，而她在这种时候就会大声咒骂起来。"³

由于童年成长的阴影，她有着极端敏感的个性，若没有他陪在她身边，在她抱怨的时候安慰她，在她沮丧的时候鼓励她，她恐怕难以坚持下来。

梁思成与林徽因一起撰写了《中国建筑史》，走访了中国十五个省，两百多个县，考察测绘了两百多处古建筑物，他们写出的《独乐寺建筑调查报告》，在国内外建筑学界都引起了轰动……

在她身躯变得病弱后，他始终是她坚固的支撑。

许多年前，他曾问她："为什么选择我？"

她说："我会用一生来回答。"

她真的用一生给出了这个答案。

她要的男人，不需要在她青春美貌的时候对她有多少浪漫激情，而要在她贫困潦倒的时候，在她疾病交加的时候，也始终守候在她的身边。

相比嫁给徐志摩的陆小曼，她做了一个聪明的选择。

1　见费慰梅（Wilma Fairbank）《梁思成与林徽因》，曲莹璚、关超等译。

2　见费慰梅《中国建筑之魂》。

3　见费慰梅《梁思成与林徽因》，曲莹璚、关超等译。

沈从文·张兆和

悬崖上的
虎耳草

我行过很多地方的桥，

看过许多次数的云，

喝过许多种类的酒，

却只爱过一个正当最好年龄的人。

◇ 沈从文

1928 年，上海，中国公学。

大学部一年级的现代文学课上，一个年轻的教师站在学生们面前，说不出一句话。在这样令人窘迫的沉默里，他背过身，提笔在黑板上写："第一次上课，见你们人多，怕了。"[1] 学生们善意地笑了，宽容了他的惊惶。

他便是沈从文。

他是诗人徐志摩推荐来的，时任中国公学校长的胡适接纳了他。这个从湘西大山里走出来的年轻人，行伍出身，只有一张小学毕业文凭，却被聘为大学讲师，这在今天是难以想象的。

他唯一的凭借，便是才华。

他的学生里有一位十八岁的少女，极其清秀美丽，是苏州乐益女子中学校长张冀牗的三小姐，公认的中国公学校花。

她便是张兆和。

张兆和出身名门，曾祖父张树声历任两广总督和代理直隶总督，父亲张冀牖独资创办了乐益女中。在合肥老家，张家有万顷良田，光是收租就能收十万余担。张冀牖担心久居合肥会让子女沾染世家子弟奢华的积习，遂举家搬迁到上海，尔后，又迁居到了苏州。从此在这婉约清嘉的江南古城定居了下来，成为苏州城里的"名门"。

张兆和还有三个姐妹，分别是嫁给了昆曲名家顾传玠的大姐元和，嫁给了著名语言文字学家周有光的二姐允和，和嫁给著名汉学家傅汉思的四妹充和。张家的四朵姐妹花都是大家闺秀，相貌秀美、知书达理，而且精通昆曲。小说《秋海棠》的作者秦瘦鸥曾说"张氏四兰，名闻兰苑"，文学家叶圣陶也说"九如巷张家的四个才女，谁娶了她们都会幸福一辈子"。

沈从文与张兆和，一个来自蛮荒之地的湘西山间，是曾参军，凭着一股热情闯入都会的清贫男子；一个生长在富饶秀丽的江南古城，是温柔富贵乡里长大的名门闺秀。他们全然是两个世界的人，然而，奇妙的缘分将两个人联系在了一起。

沈从文对张兆和的爱恋来得默默然，却是一发不可收拾，写给她的情书一封接着一封，延绵不绝地表达着心中的倾慕。

他写道："我曾做过可笑的努力，极力去和别的人要好，等到别人崇拜我，愿意做我的奴隶时我才明白，我不是一个首领，用不着别的女人用奴隶的心来服侍我，但我却愿意做奴隶，献上自己的心，给我爱的人。我说我很顽固地爱你，这种话到现在还不能用别的话来代替，就因为这是我的奴性。"

他还写道："三三，莫生我的气，许我在梦里，用嘴吻你的脚。我的自卑，是觉得如一个奴隶蹲下用嘴接近你的脚，也近于十分亵渎了你的美丽。"[2]

在信中，沈从文毫不掩饰地将自己摆在了一个奴隶的位置，他近乎卑微地爱着张兆和，把她当作顶礼膜拜的女神。

一个男子爱一个少女到这种程度，有时都叫人忍不住怀疑，他究竟是爱那个叫"三三"的姑娘，还是爱着他自己心中想象出的"女神"幻影。

沈从文的情书如狂风暴雨一般，携着不顾一切的勇气和热情向张兆和席卷而来，那些信，几乎每封都能当作美文来读。这让人联想起了徐志摩，那个推荐沈从文来中国公学的诗人，他也曾写下无数诗句，那首《再别康桥》成了流传于世的名篇。他也像沈从文一样，将一颗心都融化在了那些诗里，双手捧着敬献给他热恋的女神林徽因。

可是，他们都被拒绝了。

张兆和对沈从文很冷淡，他的信，她几乎一封也没回过。

后人评说，这是因着"女神"们与生俱来的理性，然而，她们那时都还只是少女，恐怕还未必那样清醒明白。

不过，哪怕从少女的心思去揣摩，谁会爱上一个在自己面前全无自尊的男子呢？更多时候，少女们会因为崇拜而爱上一个人吧，且那是个仰慕英雄的年龄阶段。

沈从文那时出版了很多小说，已经有了一些名气，人也生得清秀斯文，他全然可以借着教师的名义，去接近张兆和。比如替她修改几次作业，或者扯上几个文学话题，在她面前侃侃而谈，显示自己渊博的学识。

又或者，他可以耐心地倾听，始终微笑着，让她沉浸在他的"懂得"里。胡兰成就是这么做的，也许，很快，少女张兆和也会像张爱玲爱上胡兰成一样爱上他。

可是，沈从文并不是胡兰成，就说后来他去世的时候，张家四姐充和为他写挽联，形容他是"星斗其文，赤子其人"。[3]充和是了解他的，他确实就像一个天真的孩子，他的爱澄澈极了，全然不涉心机与手段，他就那样单纯地全无保留地将自己献给了她。

所以沈从文选择这样的方式去表达他心中的热爱，书信一封又一封，仍没停止。

很快，沈从文给学生写情书一事在整个中国公学讨论得沸沸扬扬，给张兆和带来了极大的困扰。作为一个大家闺秀，张兆和不甘心也不愿意陷入这样的桃色新闻里。于是，她带着沈从文的一沓子情书去见了胡适校长。

没想到，胡适并不站在她这方，反而大力夸奖沈从文的才气，说他是中国小说家中最有希望的。

胡适这话并不算夸张,沈从文并没受过多少教育,他自学成才,写小说很大程度上来自天赋。就如胡适预见的,后来,他凭着一部《边城》成了中国20世纪最伟大的小说家之一。

胡适对张兆和说:"我知道沈从文顽固地爱着你。"

张兆和的回答倔强而骄傲,她说:"我顽固地不爱他。"

这场谈话就这样结束了。

之后胡适写信给沈从文:"这个女子不能了解你,更不能了解你的爱,你错用情了……不要让一个小女子夸口说她曾碎了沈从文的心……"可是,胡适的劝导没能改变什么,沈从文依然一封接一封写着信。

1930年,沈从文离开上海,赴青岛大学任教,他的情书从上海写到了青岛。也许是那海滨城市比上海宁和,他的信也变得端然静好起来。

"我希望我能学做一个男子,爱你却不再来麻烦你。我爱你一天总是要认真生活一天,也极力免除你不安的一天。为着这个世界上有我永远倾心的人在,我一定要努力切实做个人的。"[4]

沈从文的态度转变了,他不再寻死觅活,于是,张兆和的态度也有了些微妙的变化。

她在日记中写:"自己到如此地步,还处处为人着想,我虽不觉得他可爱,但这一片心肠总是可怜可敬的了。"

她想到沈从文居然守候了这么久,坚持不懈地写了这么多信，更何况，信写得那样好。当他用温暖庄重的方式表达他的深情时，她"顽固不爱"的心竟有了动摇。

如此一晃便是四年。

1932 年暑假，张兆和从中国公学毕业了，回到苏州，沈从文便从青岛来到苏州九如巷张家探访。

那天，张兆和正好去图书馆看书了。沈从文以为是张兆和避而不见，正在进退两难之时，二姐张允和出来了，问清了才知道他就是那个写了许多情书的沈从文。张允和邀他进门坐坐，他却执意走了。

也许是他黯然的神情打动了允和，张兆和回来的时候，张允和便要她去旅馆看望沈从文，允和对兆和说："你去了就说，我家兄弟姐妹多，很好玩，请你来玩玩。"

于是，张兆和去了，站在旅馆门外，老老实实地将姐姐的话一字不落背了出来："沈先生，我家兄弟姐妹多，很好玩，你来玩！"说完便再也想不出第二句了，于是两人一起回了张家。

沈从文是有备而来的，带了一大包礼物送给张兆和，全是英译精装本的俄国小说。有托尔斯泰、陀思妥耶夫斯基、屠格涅夫等人的著作，这些都是他托巴金选购的，其中还有一对书夹，上面有两只有趣的长嘴鸟。为了买这些礼物，他卖了一本书的版权。张兆和也极有教养，她觉得礼物太贵重，便退了大部分书，只收下《父与子》与《猎人日记》。

张家的姐妹对沈从文都很友善，"五弟寰和还从他每月二元的零用钱中拿出钱来买了瓶汽水，沈从文大为感动，当下许五弟：'我写些故事给你读。'后来写了《月下小景》，每篇都附有'给张小五'字样。"[5]

沈从文的感动叫人微微心酸，不过是一瓶汽水，他却是这样受宠若惊，铭刻于心。

也许，就像钱钟书的那篇有名的《猫》中影射的，"他在本乡落草做过土匪，后来又吃粮当兵，其作品给读者野蛮的印象；他现在名满天下，总忘不掉小时候没好好进过学校，还觉得那些'正途出身'者不甚瞧得起自己。"

沈从文心里是有些自卑的。然而，"正途出身者不甚瞧得起自己"却是事实，并非他的敏感所致。

在西南联大教书的时候，清华外文系出身的查良铮（即诗人穆旦）说："沈从文这样的人到联大来教书，就是杨振声这样没有眼光的人引荐的。"

国学名家刘文典更是公开表示轻蔑，据说在讨论沈从文晋升教授职称的会议上，他勃然大怒，说："陈寅恪才是真正的教授，他该拿四百块钱，我该拿四十块钱，朱自清该拿四块钱。可我不给沈从文四毛钱！"还有一次跑警报，沈从文碰巧从刘文典身边擦肩而过，刘面露不悦之色，对一起同行的学生说："我刘某人是替庄子跑警报，他替谁跑？"

这还是发生在沈从文成名之后，成名了尚且如此，成名前的处境可想而知。那时，沈从文刚从湘西来到北京，向北京各大杂志和报纸的副刊投稿，当时《晨报副镌》的编辑在一次聚会上，将他投寄该刊的十数篇文章连成一个长条，摊开当众奚落说："这是某大作家的作品！"随后把文章揉成一团，扔进了纸篓。

行伍出身的沈从文曾受过"科班出身"的知识分子的诸多冷落，可以想象，当他拜访门第高华的张家时，是怀着怎样一种忐忑的心情。所以，当他听到张兆和不在家的消息时，第一时间想到的是张兆和避而不见，是心里潜藏的自卑让他有了这样的想法，当张允和请他进门坐坐的时候，他也连忙推辞，匆匆离开。

他担忧高贵的张家瞧不起他。

好在有了小五的那瓶汽水。那个炎热的夏天，那瓶冰凉透彻的汽水成了他心底最清甜的回忆，因为那意味着他在张家受到了欢迎。

从那以后，沈从文和张兆和的关系有了质的变化。四年的时光如水，"顽固爱着"的沈从文终于打动了"顽固不爱"的三三的心。

沈从文又请二姐张允和去征询张父的意见，并向兆和说："如父母同意，就早点让我知道，让我这乡下人喝杯甜酒吧。"张父是极开明的人，他向来主张自由恋爱，曾说"儿女婚事，他们自理，与我无干"，所以他欣然认可了沈从文。

于是，张允和给沈从文发了一封电报，只一个"允"字，既是她的名字，又表达了意思，被后人称作"半个字的电报"。

兆和还担心沈从文看不懂，又拍了一封："乡下人，喝杯甜酒吧。"

1933年9月9日，沈从文与张兆和在北京中央公园成婚。

婚后，张兆和随沈从文去了青岛。在那段新婚的甜蜜时光里，沈从文的创作力也得到了极大迸发——著名的《边城》就写在那段时间。小说中那"黑而俏丽"的翠翠，便是以张兆和为原型写的，张兆和生得眉清目秀，皮肤微黑，在中国公学被叫作"黑牡丹"。

因为母亲生病，沈从文回了一趟湘西。在路上，他又为张兆和写了许多情书，张兆和也愉快地回了。往来书信后来汇集出版了，就是《湘行书简》。

《湘行书简》完全可当作优美的散文集来读，信中沈从文叫张兆和"三三"，而张兆和叫他"二哥"。

张兆和担心着："长沙的风是不是也会这么不怜悯地吼，把我二哥的身子吹成一块冰？为了这风，我很发愁，就因为我自己这时坐在温暖的屋子里，有了风，还把心吹得冰冷。我不知道二哥是怎么支持的。"

沈从文安慰她说："三三，乖一点，放心，我一切好！我一个人在船上，看什么总想到你。"[6]

两人的信用清丽的语言表达着绵绵的思念和款款的深情。

若是一切在 1934 年截然而止，该多好。童话里，那些历尽艰难的王子最后终于娶到了美丽的公主，"从此幸福地生活在一起"。

可惜，这不是一个童话。

三年后，抗战爆发了。

1938 年，沈从文离开了北京，去了西南联大任教，因为年幼的孩子需要照顾，张兆和留在了北京。

分离的日子里，他依旧给她写着信，她也依旧回着，这时期的书信后来汇编成了《飘零书简》。然而，《飘零书简》早已不似当年的《湘行书简》了。

在张兆和的信里，柴米油盐的琐事成了写信的主题。沈从文与张兆和结婚后，两个人都不善理财，家中没有多少积蓄，留在北京的张兆和带着两个孩子，生活很困难。于是，她开始说沈从文过去不知节俭，"打肿了脸装胖子""不是绅士而冒充绅士"。

而在沈从文的信里却充满着对感情的疑虑与猜疑。他认为，张兆和有多次离开北京去与他相会的机会，但总是"迁延游移"，故意错过，他怀疑张兆和不爱他，不愿意与他一起生活，设法避开他。他甚至告诉张兆和，她"永远是一个自由人"。[7]

面对困窘的生活，面对纷飞的战火，童话也褪了色，优美诗意终究敌不过柴米油盐，徒留下一片现实的苍白。

在《飘零书简》里，"三三"走下了神坛，其实她也根本无意做个"女神"。她不过是个寻常女子，拖着两个孩子，独立面对窘迫的生活，她忍不住出言抱怨丈夫。

然而，沈从文却无法接受这样的一个张兆和。他心底的自卑又一次本能地腾起，将她的家常抱怨归结为移情别恋，所以他急匆匆地写信告诉张兆和，如果她爱上别人，可以自由地走。

他是那样不自信，觉得与其让她来告诉他，她爱上了别人，不如自己抢先一步说了，还能保全一个风度和体面。

他的误解让张兆和感到失望，她回道："来信说那种废话，什么自由不自由的，我不爱听，以后不许你讲……此后再写那样的话我不回你信了。"

也许张兆和这一生都不曾体会过沈从文的自卑。

新中国成立后，沈从文被郭沫若批为"桃红色文艺""反动"，世态炎凉又一次在他们面前呈现。艰难的生活加上众人的冷眼，张兆和又一次抱怨了，她不明白为什么沈从文不积极向上，不向新中国靠拢。

她全然不知自己在沈从文的心中有着怎样的地位。她只知道，自己已经不再是当年中国公学里的那个女学生，不再是九如巷张家那个明媚的少女，她已经是妻子，两个孩子的母亲。她要面对柴米油盐，盘点一家人的生计，从小衣食无忧惯了的她，忍不住对现在困窘的生活心生怨责。

可是沈从文做不到转变，他的"三三"不只是他的妻子，还是那位"女神"。在"女神"的责备和世俗的批判这双重压力下，他几乎精神失常。

很多年后，张兆和曾写过一段话——

> 从文同我相处，这一生，究竟是幸福还是不幸？得不到回答。我不理解他，不完全理解他。后来逐渐有了些理解，但是，真正懂得他的为人，懂得他一生承受的重压，是在整理编选他遗稿的现在。过去不知道的，现在知道了；过去不明白的，现在明白了。
>
> ……太晚了！为什么在他有生之年，不能发掘他，理解他，从各方面去帮助他，反而有那么多的矛盾得不到解决！悔之晚矣。[8]

她懂了，可他已经走了，她永远也没法重头来过了。

二姐张允和回忆起她去看望沈从文——

沈二哥说："莫走，二姐，你看！"他从鼓鼓囊囊的口袋里掏出一封皱头皱脑的信，又像哭又像笑对我说，"这是三姐（他也尊称我三妹为'三姐'）给我的第一封信。"他把信举起来，面色十分羞涩而温柔。我说："我能看看吗？"沈二哥把信放下来，又像给我又像不给我，把信放在胸前温一下，并没有给我，又把信塞在口袋里，这手抓紧了信再也不出来了。我想，我真傻，怎么看人家的情书呢。我正望着他好笑，忽然沈二哥说："三姐的第一封信——第一封。"说着就吸溜吸溜哭起来，快七十岁的老头儿像一个小孩子哭得又伤心又快乐。

这事过了没多久，沈从文就去世了。

他至死都深爱着张兆和，为她的第一封信哭得又伤心又快乐，为她的一个笑容、一句赞赏"欢喜得要飞到半空中"，为她的一次生气、一个抱怨而陷入无穷的苦恼里，甚至想去轻生。

他行过许多地方的桥，看过许多次数的云，喝过许多种类的酒，终于，他还是回到了故乡，归葬在了湘西灵秀的山水里。

他坟地的对面是一片悬崖，崖上蓬勃生长着大丛的虎耳草，《边城》里的翠翠，只有在梦中才能摘到。他爱过的"那个正当年的人"，便似那悬崖上的虎耳草，这一生他没有摘到，于是，他将生生世世守望她。

---

1 见凌宇《沈从文传》，中华书局，2006年5月出版，第六章《黑凤》。

2 见《从文家书》，沈虎雏编选，张兆和审读，上海远东出版社，1999年2月出版。

3 见金安平《合肥四姐妹》，凌云岚、杨早译，生活·读书·新知三联书店，2008年1月出版。

4 见《劫余情书·日记》，湖南人民出版社，1996年3月出版。

5 见张充和《三姐夫沈二哥》。

6 见沈从文《湘行书简》，湖南人民出版社，2004年6月出版。

7 见《从文家书》，沈虎雏编选，张兆和审核，上海远东出版社，1999年2月出版。

8 见张充和《三姐夫沈二哥》。

一年清致
雪霜中

你看戏里的王帽，他穿着龙袍，煞有介事地坐着，好像很威严，很有气派，其实，他是摆给人看的，真正唱戏的可不是他。

◇梅贻琦

1904年，天津，严氏家塾。

那时韩咏华十岁，在城西的严氏女塾念书，喜欢穿素净的长棉袍和厚厚的毛坎肩，把一头长发盘进帽子里，打扮成男孩子的模样。

1902年，严氏家塾的创办者严修又创办了严氏女塾，这所女塾，被《大公报》称为"女学振兴之起点"。

女塾设在严家的偏院酒坊院中，念书的都是严家的女子，也有几个亲友家的孩子，比如她，就是严家世交好友家的女儿。

女塾和男塾各居院子的一侧，中间的操场是轮流使用的。女孩子们在操场上体育课的时候，就会把通往男生院子的门关上。

这是典型的中国少女的做派，严氏家塾虽开了女性教育的先河，在这里念书的少女，却仍是羞涩而腼腆的。她们小心翼翼地紧闭那扇通往异性的门，同中国几千年来的少女并无二致。

可韩咏华那时只有十岁，没有什么可以挡住一个孩子的好奇心。透过门上的窗，她看到了另一个生气勃勃的世界，与她熟悉的女性世界完全两样。

韩咏华喜欢看他们跑步，读书，高谈阔论，他们中有一个清瘦的男孩子，沉默寡言，毫不起眼，可渐渐地她留意到，其实他才是最不容忽略的那个。当少年们因为某个问题而争执不下时，大家会征询他的意见，只有他的话能平息两方争端，他天生有一种沉稳气度，能叫人信服。

后来，韩咏华便知道了，他叫梅贻琦。他是天津本地人，那年十四岁，家中有九姊妹。三年前，他父亲失业了，还染上了鸦片，一家人生活无依，就连玉米面也只能吃到半饥半饱，家境极度清苦。

相反，韩咏华的家境要好许多。她的祖上曾在天津开设天成号商行，经营近海运输，曾祖父和祖父均是京官，父亲也有候补道的官职。

梅贻琦在那样艰难的境况里讨着生活，却能成为严氏家塾里成绩最优良的学生，这让韩咏华感到惊讶。换作是她，也许做不到。

韩咏华留意了他半年。这年底，男塾迁入天津南开区的新校址，从此，严氏家塾正式定名为南开学堂。

来年年初的时候，严氏女塾也改名为严氏女学，设高小、初小两级，并设置国文、英文、日文、数学、理化、史地、音乐、图画各课，这是天津最早的女子小学堂，也是全国最早的女学之一。后来，严家又从日本请来教幼稚教育课的先生，严氏女塾的一部分便演变为幼儿师范，在这里培养出了中国最早的幼儿教育骨干。

男塾搬迁之后，她不用再去关门了。上体育课的时候，韩咏华仍习惯性地看那扇院墙上的窗，他们都走了，只留下一个空落落的院子。

韩咏华偶尔会想起梅贻琦，想象他一边帮母亲照顾弟妹，一边借着黄昏的微光温书的样子。想到艰难的生活并没有磨去他对学业的意志，想着想着，她临帖时，笔下的一撇一捺一横一竖也不由得写得更认真了。

1904年的冬天，梅贻琦像一抹淡淡的日光，透过那扇古老的雕花长窗，映照在她的心上。

之后的四年，韩咏华念了幼师，而梅贻琦在南开学堂继续求学。他的成绩仍是那样好，四年后，他以全班第一名的成绩保送到了保定高等学堂。

也就是在这一年，美国开始把部分"庚子赔款"作为中国学生赴美留学的费用。于是，他又以第六名的成绩取得了第一批赴美留学的名额，准备去美国东部的伍斯特理工学院，攻读电机工程。

和梅贻琦一起考取的还有一个叫徐君陶的学生，徐君陶后来回忆过当时看榜的情形——

"那天，我看到一位同龄学生也在看榜，与周围的人相比，他平静而从容，从他不喜不忧的神色上，全然觉察不出他是否考取。直到后来，我在赴美的游轮上又遇见了他，才知道他叫梅贻琦。那时，人们留美都选那些中国人最为熟悉的学校，比如我自己就选麻省理工，可梅贻琦去的却是不为人熟知的伍斯特理工学院，攻读电机工程。他的选择确实与众不同。"

不以物喜，不以己悲，沉稳端重，不折不从，这个十九岁的少年身上已经开始展现出了君子品质。

又过了四年，梅贻琦从伍斯特理工学院学成归国，和他同船回来的还有严范孙先生，大家都去大沽口码头迎接他们，韩咏华也去了。

那时，她已从幼师毕业，留在了严氏幼儿园和朝阳观幼儿园工作。这么多年过去了，那个关门的小丫头已经长成了亭亭玉立的少女，而他也长高了些，却比以前更瘦了。

韩咏华听说，梅贻琦的父亲仍然失业，他在美期间把本来就很少的补贴节省下来，接济拮据的家。她还听说，他本来可以继续攻读硕士，却因为要赡养父母弟妹，决然回了国。可是，当她仰望他的脸，却看不到任何苦难怨恨。

1914年，在大沽口码头的海风里，韩咏华站在迎接的人群里踮起脚尖看着梅贻琦。他沉默地微笑，一口洁白的牙齿在阳光下闪烁出美好的光泽，她的心被轻轻撞了一下。

梅贻琦回国后，去了天津基督教男青年会任干事，而韩咏华业余也在女青年会做些工作，他们终于正式认识了。

不久，他去了清华学堂任教，担任物理系主任，教授物理和数学。那一年，他二十六岁。

作为系主任，梅贻琦很年轻，甚至许多他的学生都比他年长。然而，作为那个时代的男人，他已属大龄，早该结婚生子。于是，许多热心的人开始为他保媒说亲，却被他一一拒绝了，直到年近三十，他终于同意了一桩亲事，介绍人是严范孙先生，对象便是韩咏华。

这听起来好像很浪漫：梅贻琦一直不肯娶，直到有人来介绍韩咏华，就好像他是为了她才等待了许多年。可惜并不是，他只是为着他的"孝"，他的兄弟说："他显然是为了顾虑全家大局而把自我牺牲了。"他一直用自己微薄的薪水供养着整个家庭，没有精力也没有钱再供养另一个家，直到他的弟弟也工作了，家中的困窘得到缓解，他才终于将自己的婚事提上了日程。

可是她呢，她一直到二十六岁都没有嫁。在那个年代，二十六岁实在不是什么青春年纪了，也不知道她是不是一直在等着他。

订婚之前，她的同学听说了，急匆匆地跑过来说："告诉你，梅贻琦可是不爱说话的呀！"

韩咏华微微笑道："豁出去了，他说多少算多少吧。"

哪里需要别人来说，她早知他沉默寡言的性格，亦早知他清苦贫寒的家境。可是，对于嫁他，她有坚定的决心。

婚后第一年，他们有了第一个孩子，是一个活泼可爱的女儿。长女才一岁，次女还怀在腹中时，梅贻琦取得了去美国芝加哥大学深造的机会，于是他赴美两年，韩咏华独自生产，抚育两个孩子。等他获得机械工程硕士回国的时候，他们搬入了清华园南院的家。

之前，他们一直租住在别人家狭窄的后院里，离清华很远。为了不迟到，梅贻琦只能平时住在清华的单身宿舍里，周末回家，现在，他们终于可以团聚在一起了。

他很疼他们的孩子，不过，从不宠溺。比如，吃饭的时候，他会给孩子们一人一小盘荤素搭配的菜，每个人都必须吃完。他用这样的方式教导孩子们不要挑食。孩子们不听话的时候，他从不会生气，而是和颜悦色重申道理，不过，不管他们如何哭闹，他的要求都不会改变。

韩咏华是学幼儿教育的，可是被淘气的孩子惹急了，她会把他们关起来以示惩戒，甚至有时候还打他们。对此他总是摇头，说："你忘了你是学什么、做什么工作的了吗？"

他和她的教育方式完全不同，结果在孩子们心里，温和的父亲反而比她这个严厉的母亲更有威信，他们都愿意听他的话。

她后来总结道，梅贻琦就是这样一个人，非常温和，但有坚守的原则和底线。他能成功地领导清华，与他这样的性格密切相关。温和能让他包容种种不同的意见，坚持能让他奠定一间大学的品格，刚柔并济的行事风格让他赢得了师生的一致认可。

梅贻琦在婚后的第十年成为清华留美学生处监督。他在任的时候，在华盛顿的学生可以随时来监督处活动、休息，在外州的学生放寒暑假时也回这里休假，甚至很多非清华的留学生也常来。

他把监督处办成了留学生之家。

又过了三年，1931年的冬天，梅贻琦调任回国，正式成为清华的校长，时年四十二岁。

梅贻琦的上任，是清华校史上永远不能忽略的事件，他让清华成为理工教学和研究重地，并在中国近代的战乱中保持了清华的安定和发展，让它跻身于世界学术之林。

清华在他的治理下，有了一派蒸蒸日上的新气象。在抗战之前，清华已经成为中国理工教学与研究的中心。

国民党政府曾一再邀约梅贻琦从政，而他却一再婉谢。他自有他作为一个学者的原则，也有一个校长的操守。

梅贻琦是1962年在台湾去世的。在台湾，他创办了清华原子科学研究所，他的一生都和清华联系在了一起。

许多年前，人们曾经夸过他治校有方，他脸上并没有骄傲的喜色，就像许多年前他站在留美生公开榜前看自己的名字一样，他只是淡淡说："就是有一些成绩，也是各系主任领导有方。教授中爱看京戏的大概不少，你看戏里的王帽，他穿着龙袍，煞有介事地坐着，好像很威严，很有气派，其实，他是摆给人看的，真正唱戏的可不是他。"

然而，他却"唱"了一台精彩的好戏。

梅贻琦是一个真正的中国君子，在中国的诗文里，所有用以形容君子的词都能用在他的身上。他就像一块沉稳而内敛的白玉，有着温润的光泽，玉石虽不似金刚钻般耀眼，却有着端重坚忍的品格。他就是这样一个人，不贪钱财，不谋私利，不趋炎附势，不结党营私，在艰难困窘中，他仍能成就事业，在政治压力面前，他始终坚守着内心的纯净与自由。

而韩咏华是识得他且一早就明白他的，当璞玉还蕴在石中时，她便已知将来会有怎样的光彩。

很多年前，二十六岁的她曾经对劝她的好友说过一句话，她说"我豁出去了"，其实，对于嫁给他，她十分坚决。

韩咏华，一个很平凡的名字，一如她的人。在民国那些风华绝代的女子里，她是再普通不过的了，没有林徽因、陆小曼那样惊艳的美貌，也没有张爱玲、苏青那样惊世的才情。如果不是嫁给了梅贻琦，也许根本没有人知道她是谁。

嫁给了梅贻琦以后，她后来被邓颖超亲自接见。邓颖超还特意请了天津狗不理包子的大厨做了一桌地道天津菜宴请她，杨振宁和李政道回国时也总会拜访她，她还被特邀成为全国政协委员。

大约有年轻的姑娘们会羡慕她的"夫荣妻贵"，可是，如果时间倒转，又有多少人会有她那样的决然？

她嫁给他时，他只不过是清华里一名普通的老师。他们没有房子，住在租来的小后院里，他每个月的薪水都要给父母寄去三分之一，给三个读大学的弟弟三分之一，而他们的小家只留用剩下的三分之一。作为妻子，她一生都没有掌过家，从来都是他给多少钱，她就花多少钱。

放在现在，梅贻琦应该是许多女子避之不及的"凤凰男"吧，潇洒多金这样的词和他统统搭不上边。可她对此从没抱怨，也从不计较，她一生都没有干预过他认为应该做的事情。

从嫁给他的那天起，她便"豁出去了"，她包容、欣赏他的性格，亦愿与他一同担当两个家庭的责任。

梅贻琦担任清华留美学生处监督的时候，韩咏华跟他一起去了华盛顿。为了节省经费，他把监督处的司机辞了，自己学开车，而她接替了钟点工的活，为大家做饭。

担任校长的时候，他有车，但她从没有乘过他的车。他到了昆明后把校长专用的小汽车交给学校公用，她和孩子们安步当车，走很远的路也毫无怨言。

在西南联大的时候，梅贻琦向教育部申请补助金，补助联大的学生。可是他家有四个孩子在联大上学，他却不肯让孩子们领补助金，要把机会让给更贫穷的学生。她什么也没说，默默地磨好米粉，用银锭形的木模子做成米糕去卖，为了他的校长尊严，她从不说自己是梅夫人，只说自己姓韩。那时候，她挎着一篮子热气腾腾的米糕，走很远的路去卖。她舍不得穿袜子，把脚磨破了，整个腿都肿了，可是她还是笑着，把那糕叫作"定胜糕"，她说这寓意抗战一定会胜利。

韩咏华这样的女子，真的是太遥远的一个人了。那些旧式女子所秉承的善良与柔韧，这种旧式爱情的宽容和忠贞，早被那些"新派"的女子们嗤之以鼻丢进了故纸堆里，她们"宁可坐在宝马里哭，也不愿在自行车上笑"。只是，若真觉得"在宝马里哭"很好，那也许会哭上一辈子，而那个在自行车后笑的女子，也许有一天就在宝马里笑了。

上天总是公平的，有付出，才有获得，一份感情，总是同甘共苦更圆满。

很多年后，她依然记得，在最艰难的岁月里，下班回家的他看着正在院中嬉戏的孩子们安静地微笑。

那时，她正在厨房的窗下准备晚餐，米饭熟了，水汽蒸腾，透过冉冉的白雾，她看到他脸上淡淡的笑容。

他的笑在昆明城无边的暮色中显得温暖无比。

一曲微茫
度余生

记取武陵溪畔路，春风何限根芽。

人间装点自由他，愿为波底蝶，随意到天涯。

描就春痕无著处，最怜泡影身家。

试将飞盖约残花，轻绡都是泪，和雾落平沙。

◇ 张充和《桃花鱼》

2004年，秋，北京。

9月12日，这一天，在中国现代文学馆，一场书画展正在展出。前来的宾客很多，有一些还颇有声名，其中有著名语言学家周有光，作家王蒙，还有老舍的女儿舒乙和沈从文的儿子沈虎雏，他们都代表自己过世的父亲前来。

展厅的入口处贴着一张老式黑白相片，应是许多年前照的。相片中的少女还是30年代的打扮，一袭旗袍，一头乌黑的发编成两条发辫垂落在胸前，极美。少女闲坐在蒲草团上，微微侧头，笑容清淡似空谷兰花。

秋阳的光影缓慢滑过相片，静静落在相片的主人身上。昔年的红颜少女如今已经满头银霜，可她的笑容没有变，她穿着精致的旗袍端然立在门口，一笑之间有着兰花一般的清淡宁和。已经九十岁的她，笑起来却仍保留着上世纪名门闺秀的蕴藉，相比现在的年轻女孩子，她美太多了。

老人名叫张充和，是今天书画展的主人。她是著名汉学家傅汉思的妻子，是昆曲名家顾传玠、语言学家周有光、文学家沈从文的姨妹，出身名门的她，被称作"最后的闺秀"，可她一生的辉煌却绝不是靠男人来成就的。她擅昆曲、能作诗、善书法、会丹青，"琴棋书画"皆精，时任耶鲁大学艺术系的教授。

她不会像藤萝一样依附于男子，包括她的亲人。毛笔一支，昆曲一折，她悠游于世，靠的从来都是自己。

1914年，这一年的夏天格外漫长，闰五月二十日，上海法租界的一栋别墅里，传来婴儿响亮的啼哭声。

接生娘娘高兴地喊："生了，生了，太太，生了。"

她把孩子抱给精疲力竭的产妇看，那个叫陆英的女子努力睁开被汗水泡肿了的双眼，吃力地问："是儿子么？"

接生娘娘道："是位千金。"

陆英的眼神瞬间暗淡下去，她深深地失望了。在这个孩子诞生之前，她已有了三个女儿，元和、允和、兆和，她急切地盼着能为丈夫生一个儿子，为合肥张家诞下传人。可惜，她的希望又一次落了空。

丈夫张冀牖也微微失望，不过，他很快便想开了。在合肥那些世家子弟里，张冀牖是极开明的人，他深受新风潮的影响，对待女儿和儿子远没有时人那么泾渭分明。他为这刚出生的孩子起了个名字，叫充和。同她的三个姐姐一样，充和的名字里也有"两条腿"，张冀牖希望女儿们不要困守在闺房里，都能走得更高更远。

张冀牖给女儿们起名字，从来都不用"红、香、绿、玉"这类脂粉气的俗字，张家女儿的名字都明朗而生机盎然。不过那时候，他没想到，这个最小的女儿会走到地球另一边。

出生八个月后，充和过继给了叔祖母识修。识修是李鸿章的四弟之女。当年，张家的祖爷、充和的曾祖父张树声因为协助李鸿章平叛太平天国运动而功勋显著，李鸿章不仅升了他官职，让他一路官至江苏巡抚、安徽巡抚、两广总督和直隶总督，还做主把自己的亲侄女嫁给了张树声的二儿子张华珍。

但识修并不是有福之人，丈夫和孩子都悉数早亡。大悲大恸之后，她开始学佛，向佛祖寻求慰藉。《红楼梦》里的李纨至少还有儿子贾兰相伴，而她的余生，独守在青灯古佛前。

充和的到来，像一道阳光照亮了叔祖母识修寂寞的晚年。在充和身上，识修投注了全部的精力，她严格地为充和挑选老师，花重金聘请考古学家朱谟钦当她的塾师，还另请了一位前清举人专教她诗词歌赋。

从六岁到十六岁，充和每天都在书房待八个钟头，从上午八点到下午五点，只有一个钟头的午餐时间，每隔十天，她才有半天休息。她的课本有《汉书》《史记》《左传》，四书五经，唐诗宋词，跟着博学的先生，她熟读中国的经典。

识修祖母一心一意想把她培养成名门淑女，而天资聪颖的她也没有让祖母失望。三岁诵诗，六岁能背整篇的《千字文》和《三字经》，未及十岁，便已会联诗对句。

在合肥张家的深宅大院里，充和静静地长大。没有同龄的兄弟姐妹可以一起玩耍，没有母亲的娇宠疼爱，她跟着庄严肃穆的祖母，养成了清冷的性情。

她成长的十年间正值一战，新文化运动、五四运动……整个中国都在急剧地变化，而她的世界却始终如一，一册古书，一支毛笔，遗世而独立。

下了课，她总喜欢待在藏书楼里，那里很静，有数以千计的书卷。有一些因为久无人翻阅而布满尘埃，纸张变得又脆又黄，手一碰就会裂开。

她在那些故纸堆里翻到过《桃花扇》《紫钗记》，还有《牡丹亭》。她非常爱读这些作品，尤其是《牡丹亭》。

十三岁的她独自坐在藏书楼里，孤零零地读着"如花美眷，似水流年，似这般都付与断井颓垣"。偶尔转头看窗外，高高的院墙上有一道深黑的裂缝，她便觉得"我仿佛有许多不能告诉人的悲哀藏在那缝里面"。她全然懂得杜丽娘深闺的寂寥。

十六岁那年，祖母过世了，父亲将她接了回来。那时，张家已从上海搬迁到了苏州九如巷，母亲早在七年前就过世了，在她之后，多了五个弟妹。

她进入父亲创办的乐益女中念书。乐益女中由张冀牖独资创办，张闻天、柳亚子和叶圣陶都任教于此，张冀牖也成了当时知名的教育家。

重回家人身边后，充和很快便发现，她远没有三个姐姐"摩登"时尚，她不懂"科学"与"民主"，无法加入她们高谈阔论的圈子。姐弟几个一起踢球的时候，她不懂规则，只能做守门员。她的姐姐们都是西式教育下的民国小姐，而她却像晚清的闺秀，不喜嬉闹，不愿出头，静默地读书、习字、写文。

父亲是个昆曲迷，常请昆曲家来家中教女儿们拍曲，她才头一次晓得，原来她读过的那些戏文是可以唱的。在父亲的影响下，四姐妹成立了幔亭曲社。

春暖花开的时候，她与长姊元和在张家的院落里，同演一出《惊梦》。她饰杜丽娘，而长姊是柳梦梅。当杜丽娘在台上徐徐甩开一抹水袖，柳梦梅一个折身，一个回眸，悠悠唱开"良辰美景奈何天，赏心乐事谁家院"，藏书楼里的《牡丹亭》仿佛活了过来，在她面前徐徐展开一个绮丽的世界。

她幼年时对昆曲萌生的一点兴趣至此蓬勃生发。"我总是能在很长的戏里一下就认出我读过的一幕，或在一个唱段里认出我熟悉的词句，这种熟悉的、似曾相识的感觉引我入了昆曲的门。"从此，昆曲雅正的"水磨腔"悠悠伴随了她一生。

十九岁那年，她去北平参加三姐兆和的婚礼。兆和嫁的男子名叫沈从文，之前，他来苏州拜访过张家，在炭火炉边给张家姐弟讲故事。这来自湘西大山里的小说家有着一肚子的故事，越说越兴奋，忘了时辰。张家姐弟们都困极了，却不得不出于礼貌硬撑着，充和在迷迷糊糊中听到沈从文叫"四妹，四妹"，睁开眼时，她极为不高兴，心想"你胆敢叫我四妹！还早着呢！"

但她后来却成了张家姐弟中与沈从文关系最好的一个，她很钦佩这个只有小学文凭却能写得一手好文章的姐夫，并亲切地叫他"沈二哥"。沈从文访美的时候，她用西洋式的礼节吻他的头，沈从文去世的时候，她写的悼词"不折不从，亦慈亦让。星斗其文，赤子其人"，被公认为对沈从文一生最好的概括。

从少女时代起，她便在情感上显出清洁的理性。不喜欢一个人时，她是冷漠的，而她喜欢一个人时，便极为温和亲善，她的喜与不喜，泾渭分明。

兆和与沈从文成婚后，居住在西城达子营，那是一座北平最典型的四合院。站在院中仰头，可看到头顶四角的天，在多雨的江南，她从未见过这么澄澈高远的天，她决意留下来，报考北京大学。

当时，北大的入学考试需要考四科，国文、历史、数学、英文。她没有学过数学，学英文也刚刚两年，沈从文和张兆和都劝她补习一年再考，可她淡淡一笑，不改初衷。

她不想沾在北大任教的姐夫的光，用了"张旋"的化名报考。弟弟的朋友，一位在宁夏的中学校长，为"张旋"开了一张高中文凭。

那年的作文题目是《我的中学生活》，她写得文采斐然，时任北大文学院院长的胡适看到她的作文，便说："这学生我要了！"她的国文毫无争议得了满分，数学得了零分，北大规定："任何一科是零分，都不能录取。"可因为国文成绩优异，最终被破格录取。

这件事在北大轰动一时，还上了报纸。但她只待了三年便患病休学了，朋友们都很惋惜，胡适还专门找到她，劝她不要放弃。

可她自己似乎并不在乎，考入北大她也只说是"糊里糊涂便进了"，出了北大，她也不觉得多遗憾。尽管当时有胡适和钱穆教思想史、冯友兰教哲学、闻一多教古代文学、刘文典教六朝和唐宋诗，可她却觉得北大不是一个能叫人静下心来读书的地方。

她对激烈的政治活动不感兴趣，北大"有好多我不了解的活动，像政治集会，共产党读书会等"。她更乐意将时间花在她喜欢的昆曲上，当时清华有位专业昆曲老师每周开一次讲座，她期期不落。

有时候，她也和在清华读书的弟弟宗和一起参加一些曲友间的小型演出，纯属自娱自乐，"我喜欢昆曲音乐，喜欢和志同道合的曲友同乐"，但她不喜欢登台演出，"在这方面，我和我的姊姊们不一样，她们喜欢登台演出，面对观众，而我却习惯不受人打扰，做自己的事。"

政治气氛浓重的北大，看起来并不适合她。

回苏州养了一段时间的病之后，她去了南京《中央日报》，担任副刊《贡献》的编辑。1937年，抗战爆发，她随三姐兆和一家流寓西南。当时沈从文入联大教书，帮她在教育部下属的教科书委员会谋得了一份选编散曲的工作。

战乱中条件艰难，充和寄居在姐姐家中。房间极小，她用木板架在四个煤油桶上充当书桌，一切吃穿用都跟她在合肥和苏州不能比。

她并不挑剔物质的匮乏，唯一挑剔的是笔墨纸砚，"我不爱金银珠宝，但纸和笔都要最好的。"这是她唯一保留着的一点"大小姐的贵族式的娇气"。

她的小屋很快成了音乐爱好者的聚居处。她自己能吹笛，有人会弹琵琶或古筝，便与她应和，人们都喜欢她屋中和谐的气氛，小屋里也时常飘出欢悦的笑声。

流亡生活并没有湮没她的艺术光华，她的昆曲唱得越发精湛，当时在西南联大念书的汪曾祺听过她的演唱，说："她能戏很多，唱得非常讲究，运字行腔，精微细致，真是'水磨腔'。我们唱的'思凡''学堂''瑶台'，都是用的她的唱法（她灌过几张唱片）。她唱的'受吐'，娇慵醉媚，若不胜情，难可比拟。"后来她到重庆，任职于国立礼乐馆，梁实秋赞她："国立礼乐馆的张充和女士多才多艺，由我出面邀请，会同编译馆的姜作栋先生合演一出《刺虎》，唱作之佳，至今令人不能忘。"在重庆，她主演的一曲《游园惊梦》轰动了整个文化界，她应邀去张大千家聚会，一曲《思凡》让张大千大加赞赏，随即画了两幅小品为赠。一为仕女持扇立芭蕉下背影，暗喻她演戏时之神态。一为水仙花，象征她演《思凡》时之身段。均题上款曰"充和大家"。

她的诗词"词旨清新，无纤毫俗尘"，流亡时期，她写过一首叫《桃花鱼》的词，写的是重庆嘉陵江中一种状如桃花的水母，被公认为她最好的词。尽管处于抗战时期，她的词句并没有因烽烟战火而变得粗粝，仍然雅致空灵。

不过这段时期，最为精进的当属她的书法。在重庆国立礼乐馆，她用毛笔誊写整理出二十四篇礼乐，一笔隽永书法惊艳众人。也就是在那时，她结识了书法家沈尹默，沈先生头一次见她写字，便说她的字是"明人学晋人书"，将她收入门下。

她很用功，搭运煤的车子去歌乐山求教，从不迟到。平日不去老师家时，她也会把诗词书画作业邮寄老师审批圈改，沈先生教她写字要"掌竖腕平"，于是，她每天花三个小时临帖，雷打不动。练到后来，她的臂力足够她双手撑起身体悬空而走，到老了，"她的手臂还和少女时代一样有力。"

她的书法为她赢得很多赞誉。后来，她被称为"当世小楷第一人"，文学家董桥多次写文赞誉她，称她的"毛笔小楷漂亮得可下酒，难得极了""张充和的工楷小字秀慧的笔势孕育温存的学养，集字成篇，流露的又是乌衣巷口三分寂寥的芳菲"。

书法家欧阳中石也说她："不是一般意义上的书法家，而是一位学者。无论字、画、诗以及昆曲，都是上乘，很难得。她一贯保持原有的风范，格调极高。像昆曲，她唱的都是真正的、没有改动过的。书法上的行书、章草非常精到，尤其章草极雅，在那个时代已是佼佼者。"

可她似乎并不在意，只是淡淡笑道："我一辈子都是玩儿。"她对别人的赞誉一直抱着一种淡漠的态度，说"我写东西就是随地吐痰，留不住，谁碰上就拿去发表了"。在她身上，始终有着童年时代熏陶出的闺秀气质，把琴棋书画视为必要的修养，在铺天盖地的赞赏面前态度端然。

她根本无意成为书法家、文学家或是昆曲名角，书法、诗文、昆曲……只是与生俱来的爱好。她走到哪儿都带一本字帖，即使空袭警报拉响，她仍在不停书写，"防空洞就在我桌子旁边，空袭警报拉响后，人随时可以下去。那时候什么事情都做不了，我就练习小楷。"艺术让她内心平静，这就够了，她不在乎那些艺术家的虚名。

章士钊很欣赏充和，他在赠充和的诗中写道："文姬流落于谁事，十八胡笳只自怜。"他虽把她比作旷世才女蔡文姬，可是她极为不悦，认为"拟于不伦"。她说，蔡文姬被掳至胡地，不得不倚仗异族过活，而她虽因战乱背井离乡，却始终自食其力，竭尽所能。

章士钊在诗中对她流寓西南的处境表示同情，可她不需要这种同情，她虽是世家的女儿，但不是那经得起富贵挨不得穷的浅薄女子。幽兰生于空谷，亦有清芬，再艰难的环境里，她也自有她的优雅。

战争结束后，她回到北平。1947年，她在北大教授书法和昆曲，这一年，她结识了一个叫傅汉斯的男子，次年，她嫁给了他。

傅汉斯是德裔美国人，出身于一个犹太知识分子家庭，他精通德、法、英、意大利文学，来到中国学习汉学。

在北大，傅汉斯结识了沈从文，常来沈家和沈从文的两个孩子小龙、小虎一起玩，而充和那时也住在姐姐、姐夫家中，傅汉斯回忆道："过不久，沈从文认为我对张充和比对他更有兴趣。从那以后，我到他家，他就不再多同我谈话了，马上就叫张充和，让我们单独待在一起。"

他们渐渐熟悉起来，在她的建议下，他把"斯"改为了相思的"思"。孩子们都留意到了他们关系的转变，他们在一起的时候，孩子们淘气地喊"四姨傅伯伯"，故意把句断得让人听不明白是"四姨，傅伯伯"还是"四姨父伯伯"。她淡淡地笑，居然默许了。

受中国传统教育长大，充和言谈举止都是国学的底子，从姑苏烟雨中着一袭旗袍娉婷走出。而傅汉斯却是在美国加州的阳光下长大，刚刚开始涉猎中国文化的西方男子，她却奇异地对他产生了好感。

在这之前，她有过许多追求者，卞之琳便是其中一个。这个很得徐志摩欣赏的新派诗人给张充和写了不少诗歌，包括那首最著名的《断章》。可她对他的诗并无兴趣，评价"不够深度"，觉得他的人也"不够深沉""性格很不爽快"，她回忆他时，说："他从不跟大家一起玩的，人很不开朗，甚至是很孤僻的。"别人撮合他俩时，她生气得离家出走。卞之琳一生都对她不能忘情，却终归只是"装饰了她的窗子"，而她却"装饰了别人的梦"。

还有一位姓方的男子也喜欢她，是研究甲骨文和金文的，也总给她写信，但全用甲骨文写成，一写好几页纸，可她看不懂，也无意去弄懂，她回忆起他时，说："每次他来，都有意和我一起吃饭或聊天，但因为太害羞，结果总是一事无成。他总是带着本书，我请他坐，他不坐，请他喝茶，他也不要，就在我房里站着读书，然后告别，结果我俩各据一方，他埋头苦读，我练习书法，几乎不交一语。"

她把这些追求者都拒了。在她的回忆中，可以看到他们都有着类似的特点，沉默、木讷，有着中国文人惯有的腼腆，可是她全然不喜欢那样拖泥带水的爱情。在她成长的过程中，母亲是缺席的，这使得她无法适应阴柔的"欲说还休"的情感表达方式，而傅汉思那种西方式的直接与热情，最终打动了她的心。

1948年11月19日，他们举行了一个中西结合的婚礼，美国基督教的牧师和美国驻北平领事馆的副领事到场证婚。

吃结婚蛋糕的时候，洁白甜香的奶油让小虎极为欢喜，拍着手说："四姨，我希望你们天天结婚，让我天天有蛋糕吃。"

小孩子天真的话让大家都笑了起来，那一天的天气晴好，北平冬日的天空呈现少有的澄澈，似一块碧汪汪的水晶。

三天后，傅汉思在给父母的家书里写道："我们前天结婚了，非常快乐。"他说，仪式虽是基督教的，但没回答，采用中国惯例，新娘新郎在结婚证书上盖章，表示我们坚定的决心。

两个月后，她随他赴美，离开了中国。

他们先定居在加州的伯克利，后来又移居到康涅狄格州的北港，傅汉思进入耶鲁大家教授中国诗词，而她去了耶鲁大学讲授中国书法和昆曲。

她决意要在耶鲁将中国文化传扬开来，尽管这是很艰难的一件事。美国学生把中国书法当成画画，对昆曲唱的什么故事都弄不清楚，但她并不灰心。

没有笛师，她便先将笛音录好，备唱时放送。没有搭档，她培养自己的小女儿，并用陈皮梅"引诱"她跟自己学昆曲。

女儿爱玛经她调教，九岁的时候便能登台演出。母女二人站在耶鲁的舞台上，都穿着旗袍，母亲清丽雅致，而混血女儿可爱如洋娃娃，悠悠的笛声和唱词相配合，就算再不懂中国文化的学生亦为之陶醉。

她的努力渐渐汇积成河，许多年后，她播下的昆曲种子终于发芽。她的四位高徒，在促成昆曲被联合国教科文组织列为"人类口头和非物质遗产"一事上，立下了汗马功劳。

1981年，纽约大都会博物馆中国部的"明轩"落成，邀请她前往参加《金瓶梅》雅集。她欣然前往，在那苏州园林式的亭台楼阁中，以笛子伴奏的南曲方式，演唱《金瓶梅》各回里的曲辞。

那日她穿了一袭暗色旗袍，"素雅玲珑，并无半点浓妆，说笑自如"，一直唱到《罗江怨》的"四梦八空"，最后以一曲《孽海记》中的《山坡羊》收篇。她的声音婉转低回间又有几分苍凉清冷，映着明轩的亭台水榭，翠竹松石，叫人心神皆醉。

她让西方人认识到了东方的美，换来了如雷般的掌声。

娶了这样的妻子，傅汉思也在研究中国文化的路上越走越远。他参加了中国《二十四史》的英译工作，为德国版的《世界历史》撰写了中国中古史，他还和她合作完成了《书谱》《续书谱》的英译本。

当时光悄然流逝，当年在北平沈家大院里学北平话的西方男子，成长为有名的汉学家，为中美文化交流做出了卓越的贡献。

再回国已是许多年后。1986年，汤显祖逝世三百七十年的纪念活动上，她和大姐元和共同演唱了一曲《游园惊梦》。此时她已是古稀老人，可她的剧照被俞平伯称为"最蕴藉的一张"。

又过了二十年，她再回苏州，穿一袭绛红丝绒旗袍，披一条黑色丝巾出来唱曲，往雕花栏杆边一倚，仍是仪态万千。那种端庄秀雅，在现在年轻的女孩子身上再难寻觅。

2004年，她的书画展和一系列关于她的书出版，让"张充和"这个名字突然被大众熟知。琴棋书画，随意天涯，这样的人已经在这个时代消失殆尽，无数人感慨她身上大家闺秀的气质，唤醒了大家对30年代那些女子的怀念，已经离开的宋氏姐妹、林徽因、冰心……

她在大洋彼岸看到铺天盖地的赞誉，只是淡淡一笑。那时，她正静静坐在自家的竹林里，教一个叫薄英

（IanBoyden）的美国人如何沏茶。

这个叫薄英的男子帮她出版了一本诗集——《桃花鱼》。书的封面是木制的，分别用了印度紫檀、阿拉斯加雪杉和产自非洲的沙比利木，即使不看文字和书法，每一本书也是艺术品，一百四十部书耗时整整三年。

风吹竹叶有声，茶香混着竹叶的清香，叫人心旷神怡。她熟练地演示着沏茶的每一道工序，高冲、低泡、分茶、敬茶，她一直沿用在苏州老宅时的泡法，滚水冲泡，不加奶和糖，亦不加香花，方能品到天然本真的原味。

她总是固执地喜欢喝茶。这么多年，隔着千山万水的距离，她还保留着骨子里的中国情调，穿旗袍，每日临帖三小时，在她那西式的花园里，一侧种着北美人家最常见的玫瑰花，一侧却种着牡丹和竹——两种中国画家笔下最常见的植物。

即使远在异国，她也不曾改过她大家闺秀的气派。

滚烫的水冲进紫砂茶壶中，碧螺春的香一阵阵氤氲开来，她突然想起傅汉思来，如果那时候她没有嫁给他，她的人生会是什么样子？她的亲人和朋友都没有逃过“文革”，三姐夫沈从文濒临精神崩溃，老师沈尹默销毁了自己最得意的作品和多年收藏的书法珍宝，最后也还是没有逃脱被迫害致死的命运。

“革命”的中国是否能容下她的琴棋书画，容下她对政治的清冷疏离？对此她很怀疑。

　　她离开得正是时候。她的丈夫，这来自美国加州的男子把加州的阳光也带给了她，她于是得以自由地生活，保留她生命中的美好与诗意。

　　即使在西方，她也不曾改变过，而他用了一辈子的时间，努力融入她雅致清冷的东方世界。

　　傅汉思已经去世了。

　　他没有给她其他东西，只有一段生活。现世安稳，岁月静好。

周培源·王蒂澂

执子之手
偕子老

〇六八-〇八〇

我爱你，

六十多年我只爱过你一个人。

你对我最好，

我只爱你！

◇周培源

1930年，北京，周日。

这天，一个叫周培源的男子正在他的朋友刘孝锦家做客。那时，他刚从美国回来不久，在清华物理系担任教授。

他是清华学堂1924年公派出国的学生，只用了三年半的时间，便在加州理工获得了博士学位，还拿到了加州理工的最高荣誉奖。

尔后，他去了欧洲，在德国的莱比锡大学和瑞士苏黎世高等工业学校从事量子力学研究。他的德国导师就是后来荣获诺贝尔物理奖的沃纳·海森堡（Heisenberg）教授，是量子力学的创始人之一。他待了差不多一年，便回了国，任教于清华。那一年，他刚刚二十七岁。

彼时的大学教授，无论收入还是社会地位，都是极高的，教授的待遇更为优厚。尤其是梅贻琦校长上任后，教授不仅有三百至五百元的月薪，而且还可以拥有一栋新住宅。当时，闻一多所住的46号"匡斋"，就有大小十四间房屋。[1]

周培源年纪轻轻便执教清华，可谓前途坦荡，刘孝锦开他玩笑，说他的爱情是"万事俱备，只欠东风"。

周培源拊掌大笑道，清华的女生少，物理系的女生更少，美国大学里学物理的中国女生简直稀有，哪里有人瞧得上他。

他这话不过是开玩笑。身为无锡人，他有着南方男子少有的高大身材，相貌也生得周正英俊，天庭高阔，鼻梁挺直，剑眉星目。哪里是别人看不上他，只不过是他一门心思埋头苦读，才耽搁了恋爱，毕竟三年半拿三个学位，并不是件容易的事。

朋友也笑，说，不如我替你介绍如何？清华女生少，朋友所在的北平女子师范大学可是"秀色满园"，说着，她果真就拿出一沓同学的相片来。

周培源一张张翻着相片，突然他停了下来，指着其中一张照片道："就是她了。"

刘孝锦细看那张照片，倒吸一口冷气。都说周培源眼界极高，传言果然不虚。当时，北平女子师范大学是中国女子最高学府，相片上的女孩子大多气质不俗，可这么多人里，他只看上了王蒂澂。

王蒂澂是吉林人，今年刚刚二十岁，就读于英文系，是北女师公认的"校花"。那张照片是她在颐和园拍摄的，当时，她和七位好友去游园，其中一位女生的堂兄为她们拍照留念，后来那位男生竟将照片拿去小报发表，于是，照片便流传了出来。好事者给这相片起了个雅号，叫"八美图"。其中，王蒂澂又格外出众些，便得了"头美"之名。

刘孝锦回望周培源，只见他望着相片微笑，轮廓优美的下巴轻轻地扬起，那是内心极为自信的表现。自古才子配佳人，刘孝锦决心成人之美。

她安排了一次宴会，把周培源和王蒂澂都请了过来，并将两人的座位特意安排到了一起。

那天两个人都如约而至，王蒂澂一身淡雅衣裙，轻轻入座，周培源坐在她身侧，离得那么近，他将她看得很清楚。她生得细巧而纤瘦，瓜子脸，柳叶眉，眼睛是单眼皮，细细长长。其实比起他在美国见到的那些热辣的白人女孩子，她算不得多美艳，但她的秀气却叫他无端生出许多怜爱来。

上菜的时候，王蒂澂吃得很少，周培源猜想她是不好意思，便热情地替她布菜，夹很多到她碗里。

其实她不吃是因为菜不合她的口味，望着碗中堆积如山的韭菜，她忍不住笑起来，想，这人真真地傻气，我明明不吃韭菜的，却使劲拣给我。

周培源看着她笑意深深的眼，脸不由自主地红了。

从此之后，他便总去北女师的宿舍找她。去得多了，门房的阿姨都认得他了，每每见着他远远走来，就在门口喊：

"王蒂澂同学，有人找。"

周培源每次去都给她带点小礼物，宿舍里的女孩都打趣着"哄抢"。有一次他送她手帕，轮了一圈才落到她手上，还好他有备而来，买了整整一盒子，她才在"瓜分"完毕后留了一块给自己。

王蒂澂素来是大方率真的人，他也随和开朗，在这样的笑闹中，他和她的爱情潜滋暗长，日久弥深。

1932年6月18日，周培源和王蒂澂在北平的欧美同学会举行了婚礼，清华校长梅贻琦亲自主持了婚礼。婚后，王蒂澂去了清华附中教书，他们共同居住在清华新南院[2]。新南院是三十栋新盖的西式小楼，建筑精美，设备完备，甚至还配有新式的电话和热水管道。周培源夫妇和闻一多、俞平伯、陈岱孙等著名教授齐居于此，整个新南院都洋溢着和谐的学术氛围。

他们感情很好，晚饭后，两人总相携出门散步。渐落的夕阳下，他们并肩而行的背影，亦是清华园一道绝佳的风景。

许多年后，当时就读于清华的曹禺先生还对周家的四女儿如苹说："当年，你妈妈真是个美人，你爸爸真够潇洒。那时他们一出门，我们这些青年学生就追着看。"

婚后的三年里，他们生了两个女儿——如枚和如雁，两个可爱的女儿给他们的生活增添了许多乐趣。然而，就在这时，王蒂澂患上了严重的肺病——肺结核。当时，肺结核并无特效药根治，得了它，和得了绝症相差无几。

因为肺结核有传染性，她需要与家人隔离，于是，周培源把她送到了香山眼镜湖边的疗养院，休养了整整一年。那一年，他除了上课和探病，还需照顾两个幼小的女儿，其中辛苦可想而知。可是，他从来没有一次耽误过周日的探视。从清华到香山，当时只有一条崎岖不平的土路相连，他骑着自行车，往返五十里，风雨无阻。

探视有时间限制，周培源来了便舍不得走，被护士"驱逐"出门后，他便悄悄来到窗户处，爬上窗台。

王蒂澂躺在病榻上，看到他站在高高的窗台上冲她挥手，透过擦得通透的玻璃窗，她看到他鼻尖上沁出一层细细的汗珠，两只手都是黑灰。怕被护士发现，他不敢出声，只比着嘴型说好好养病，见她听懂了，他笑得像孩子一样。

她哭了，埋下头，眼泪打湿了枕巾。

她在香山疗养了一年，居然奇迹般痊愈了。

第二年，周培源前往普林斯顿大学进修，在美国待了一年。彼时，第二次世界大战已经开始，美国国内急需科技人员，他们一家收到移民局的正式邀请，只要他肯留下来，美国政府可以给予他们全家永久的居留权。对此，他一笑置之。

他们如期归国，随清华南迁，来到了昆明。周培源在北大、清华、南开三校联立的西南联合大学继续担任教授，从事流体力学研究。

一开始他们居住在昆明大观楼附近，当日军的飞机开始密集轰炸昆明，他们一家只得搬去西山龙门脚上滇池边的山邑村。不久，他们有了第三个女儿如玲。

王蒂澄身体不太好，周培源承揽了照管孩子的任务。初生的女儿如玲作息昼夜颠倒，为了哄她睡觉，他能不厌其烦地抱着她，在屋里来回走上几个小时。

哄睡了女儿，周培源才能腾出手来备课。有时候，王蒂澄一觉醒来，他还在油灯下刻着蜡纸，学校缺少教材，他就自刻蜡纸，油印课程讲义发给学生。他瘦了许多，凝神专注的样子让她觉得鼻头发酸，于是，她常披衣起床，给他端一杯热水。

这本来应该是一碗热气腾腾的鳝鱼面，因为他是无锡人，最爱吃这个。或者，至少也应该是一杯茶吧，可是，他们太穷了，什么也没有。

她唯一能做的，只是端一杯热水给他。

寒冬的风吹着薄薄的窗纸，呼啦作响，孩子们都睡沉了，香甜的呼吸声此起彼伏，他握着那杯水，抬头对她笑，她也笑。

两人脸上都是很温暖的笑容。

有一天，周培源兴冲冲跑进屋，拉起正在做饭的王蒂澄就往外跑。她稀里糊涂跟着他，到了院子外头才发现，栏柱上拴着一匹油亮的大马。

他得意地告诉她，那匹马是他买回来的，他还给它起了个名字，叫"华龙"。她头一次听说马也有名字，不过，老实说，他那名字起得真不错，很配这匹漂亮壮健的马。

她又好笑又疑惑："你买匹马做什么？"

他拍拍马背："骑呀！"他哈哈大笑，"我可有座驾了！"

他们居住的山邑村与昆明城距离遥远，没有公路，汽车不通，连自行车也买不到。周培源去教课的时候，需要凌晨五点便起床。

王蒂澂没想到，为了赶路，他会买一匹马回来。他是一个物理学家，却用这样浪漫的方式对抗生活的艰难，望着他骑在马上，露出孩子气般的得意表情，她忍不住笑了。

此后，周培源每天骑马进城，先送两个女儿上学，再去联大上课。他的马简直引起了轰动，整个西南联大的学生都跑来看周教授的"华龙"，连物理系主任饶毓泰都戏称他是"周大将军"。

周培源在西南联大物理系任教六年，开设了五门课程。他的学生里出了诺贝尔物理奖得主杨振宁，中国近代"力学之父""应用数学之父"钱伟长，物理学家林家翘，数学家陈省升……他自己的研究也开始渐入佳境，从西南联大起步，后来建立了我国独特的湍流理论体系，被世界公认为湍流模式理论的奠基人。

在最艰难的时候，周培源曾得到一个留美的机会。那时，他正利用休假期在美国进修，美国政府邀请他参加了美国国防委员会。后来，他还获得了海军部的留任，可他不肯加入美国国籍，最终拒绝了。

在中国教育史上，西南联大是一段奇迹。那时候物质匮乏，条件简陋，空袭的警报日日响起，连生命安全都是问题。然而，这八年间，联大却培养了大批杰出人才，更叫人惊讶的是，许多教授原本有机会离开，去美国，去欧洲，去拿丰厚的薪水，去过安定的生活。可是，他们却不约而同地选择了留下来，守着贫穷的联大，留在战乱的中国。

在他们身上有许多东西，不是一句"爱国主义"就能道尽的。更多的是属于知识分子的操守，富贵不能淫，威武不能屈，贫贱不能移。

在西南联大的日子，虽然是周培源一生中物质上最艰难的一段时期，却也成了他们一生中精神上最愉悦的时光。

周培源在美国工作到1946年7月，便辞职离去。随后，他代表中国去欧洲参加学术会议，并于同年当选为国际理论与应用力学联合会理事。

1947年2月，周培源回国了。那时候，西南联大已经解散，北大、清华、南开三校各自迁回了旧址。于是，他们一家在上海短暂停留了两个月后，回到了北平的清华大学。

一年后，他们迎来了第四个女儿如苹，这个最小的姑娘和爸爸最亲，十四五岁的时候，还喜欢像小朋友一样，以百米冲刺的速度飞奔过来，跳到爸爸背上。他不似中国传统父亲那样正襟危坐，姑娘们都被他宠得"没大没小"，如苹总是"笑话"他，说他"一天到晚爱来爱去"。他不仅不以为忤，还点头称是，别出心裁地编了一首顺口溜："老大我最疼，老二我最爱，老三我最宠，老四我喜欢。"还把这顺口溜天天挂在嘴边。

不久，解放了，周培源被调入北大，于是举家搬入了北大燕南园[3]。燕南园是原燕京大学的教师居所，修筑得极其精致典雅，"除泥石砖瓦取自当地，其他建材多由国外运来。门扇窗框用的是上好的红松，精美的门把手全由黄铜制成，房间里铺设打蜡地板，屋角有典雅的壁炉，卫生间里冷热水分路供应，每座住宅还有独立的锅炉房以供冬季取暖"，除此之外，每家门前屋后都有一个宽敞的庭院。

周家居住在燕南园56号，庭院中遍植樱花。春天的北平，樱花绽开，如锦如雪，微风拂过，一两瓣樱花翩然坠地，在北京清远的长空下，美得宛如画境。

樱花树均由周培源打理，他极爱花，还常常戏称家中有"五朵金花"，其中四朵是女儿们，另一朵是王蒂澂。

王蒂澂原名王素莲，后来改成了"蒂澂"。"澂"是"澄"的古写，"蒂"是"并蒂莲开"，这名字取自"莲出淤泥而不染"。

王蒂澂已经是四个孩子的母亲了，可仍有人称赞她的美貌。据说，有位叫陈岱孙的教授为她独身了一辈子，还有一个传闻是，当时物理系主任叶企孙也因为她而终身不娶。这些传闻是真是假，已经湮没在历史的烟尘中，难以辨别。可是，这些足以让一个家庭分崩离析的传闻却丝毫没有影响过他们的感情，她的美貌不是她的灾难，爱花的他也把她当花朵一般呵护。

她的一生也真的如莲，始终娇嫩清芬，与他成婚的这些年，她没有出过什么淤泥，他始终把她捧在掌心里。

每年春天，他们都要结伴出门踏青，他一路挽着她的手，生怕她磕着碰着。他对她好到连女儿们也"嫉妒"了，每次一起郊游，拎着大包小包行李的女儿总在后面无奈地喊："对不起！麻烦你们两位分开一会儿，帮我照看一下东西。"

王蒂澂习惯迟起，每天早晨，周培源都会在她睁开眼的时候，和她说："我爱你。"直到有一天她突然生了一场大病，再也站不起来了，可是，他还是和从前一样，每天一大早跑到她床前，问她："你今天感觉怎么样？腰还疼不疼？别怕困难，多活动……我爱你，六十多年我只爱过你一个人。你对我最好，我只爱你！"

那一年，她已经八十岁了，他也已年逾九十，他们都老了。

他五十岁上下便右耳失聪了，从那时起，说话就不由自主地"大声嚷嚷"，"自己听不见也生恐别人听不见"，每天早晨，他对她的"表白"也嚷嚷得众人皆知。

长大了的女儿们，听到老父亲的绵绵情话都忍俊不禁。

她不好意思，嗔道："你好烦啊。"

他笑，他的笑容还是那样澄澈明净，她突然想起，曾经他也是这么笑着看她。在昆明的"华龙"马背上，在香山疗养院高高的窗台上，在师姐刘孝锦家的宴会上，他看着她，笑得如同小孩子。

她望着他的笑脸，无声地哭了。

某个早晨，他又来和她说话，他看起来有些疲惫，她想他大概没有睡好，于是催着他再睡一会儿。

他说："好的啊。"然后，乖乖地上了床。

这一躺下，就再没有起来。

王蒂澂还以为他又在和她开玩笑呢，他一向是个幽默的人。可是很快，她便知道了，这一次，他是真的走了。

那是1993年，那一年的冬天格外寒冷而漫长。

没有人再"烦"她了，没有人再把她这个老妇人当小孩子宠了，没有人再对她展露明净的笑容了……

这世间，再也不会有那么一个人。

她发了很大的脾气。"你不讲信用！"她说，"说好了，你先送我，可你连个招呼也不打，你说走就走，你连再见也不说……"

她一面怒着，一面慢慢地、慢慢地握住了他的手，很凉，她的泪水一滴滴落下。

一生当中，他对她的承诺从来没有不作数过，这是第一次，也是最后一次。

张爱玲曾说："死生契阔，与子相悦，执子之手，与子偕老，是一首最悲哀的诗……生与死与离别，都是大事，不由我们支配的。比起外界的力量，我们人是多么小，多么小！可是我们偏要说：'我永远和你在一起，我们一生一世都别离开。'——好像我们自己做得了主似的。"

可他和她，经历了那么多，战乱、疾病、贫穷、富贵……却始终在一起。

---

1 见陈明远《文化人的经济生活》，文汇出版社，"二十世纪三十年代大中学校经济状况"一节。

2 1946年之后改成新林院。

3 燕南园是原燕京大学的教师居所，由当时的燕大校长司徒雷登修建，1952年全国院系调整，燕京大学并入北大，大批文人学者迁入了燕南园。

钱钟书·杨绛

答报情痴
无别物

〇八二～〇九九

我见到她之前，从未想到要结婚；

我娶了她几十年，从未后悔娶她；

也未想过要娶别的女人。

◇ 钱钟书

1932年，春，古月堂。

1932年，清华女生宿舍有个很典雅的名字，叫"古月堂"。入夜时，古月堂前常常站着等女友的男生，他们把"约会"戏谑为"去胡堂走走"。

那时候的清华同现在并无二致，男多女少，女生都是被宠爱的。古月堂不设会客室，男生们便都立在门口，无论春冬，无论寒暑，古月堂前总能看到一两个焦灼的身影，眼巴巴地盯着大门，盼着那一位千呼万唤始出来。

在那些等待的身影里，有一位面容俊朗的男子，他名叫钱钟书，是清华西方语言文学系的学生。在西语系，他是有名的才子，当时，他、曹禺、颜毓蘅被大家称为"三杰"，他又格外出众些，教文学的吴宓教授称赞他："自古人才难得，出类拔萃、卓尔不群的人才尤为不易得，当今文史方面的杰出人才，在老一辈中要推陈寅恪先生，在年轻一辈中要推钱钟书，他们都是人中之龙。"

钱钟书是江苏无锡人，出身名门，是家中的长子。他的父亲钱基博是近代著名的古文家，曾先后担任过圣约翰大学、光华大学、清华大学、浙江大学等校的教授，他的母亲是近代通俗小说家王西神的妹妹。

他中学就读于苏州桃坞中学和无锡辅仁中学，两所学校均由美国圣公会开办，注重英文教育，他因而打下了坚实的英文基础。他的国文由父亲亲自教授，也渐渐有了深厚的根基，他的古文造诣远高出同龄人，未考入清华之前，就代父亲为钱穆的《国学概论》一书作序，后来书出版时就用的他的序文，一字未改。

钱钟书的国文和英文很好，数学却极差，幼年时他读《西游记》《三国演义》《说唐》，孙悟空、关云长、李元霸使用的武器斤两都能记得一清二楚，却不识得阿拉伯数字。他是1929年春考入清华的，入学考试时，数学只考了15分，本来是不能录取的，但因为他中英文特别出色，校长罗家伦就决定将他破格录取。因着这段不寻常的经历，他一入清华，名就已传遍了全校。

钱钟书并没有让罗家伦失望，清华的课业素以繁重著称，别人都挑灯夜读，他却不仅轻松学完本专业的课程，还有余力钻研中国古典文学。他的读书数目之多，涉猎范围之广，让同班同学叹而观止。他的一个同学饶余威就曾感叹过："同学中，我们受钱钟书的影响最大，他的中英文造诣很深，又精于哲学及心理学，终日博览中西新旧书籍，最怪的是他上课时从不记笔记，只带一本和课堂无关的闲书，一面听讲，一面看自己的书，但考试时总是第一。他自己喜欢读书，也鼓励别人读书。"

他在文科方面有一种卓然的天赋，记忆力超群，过目不忘是一个方面，另一个重要的方面是，他恋书成痴，读书于他全然不是一件必须去完成的任务，而是一种与生俱来的本能。他无书不读，连辞典都看得饶有兴趣，在读书中，他能感到无上的愉悦。

他在古月堂要等的这个女孩子名叫杨绛，她小他一岁，完全是他的同道中人，将阅读视作生命。

杨绛考入清华，在西方语言文学系研究生院就读。她和他是同乡，都是江苏无锡人，后来定居苏州。她的家世背景丝毫不逊色于他。

在苏州，杨家是有名的书香门第。杨绛的父亲杨荫杭是著名的律师，他曾赴美日两国留学，获宾夕法尼亚大学法学硕士，他创办过无锡励志学社和上海律师公会，担任过上海《申报》编辑，历任江苏省高等审判厅厅长、浙江省高等审判厅厅长等职。他有两部有名的著作《名学》《逻辑学》，流传后世，连钱穆也说深受其影响。杨绛还有一个姑母，名叫杨荫榆，是北京女子师范大学的校长，后来，在日军攻陷苏州时为维护学生而被枪杀。

杨绛在这样的家庭里长大，也受到了良好的教育。她先后就读于北京女高师附小、上海启明女校、苏州振华女中，成绩都很优异。

她开始念书的时候，喜欢在课堂上淘气，她玩一种吹小绒球的游戏，老师看到了，生气地让她站起来回答课文内容，谁知她竟全都准确无误地答上来，让老师十分惊讶。自小就聪颖异常的她很得父母和姑母杨荫榆的喜爱。

十七岁的时候，杨绛考入了江苏东吴大学，一年后分科，她选了政治系。可其实她的兴趣并不在政治，她喜欢文学，可是当时东吴大学并没有文学系，文科里比较好的是法预科和政治科。她想选法预科，这样将来可以做父亲的助手，还可以接触社会上各式各样的人，可以为写小说积累素材。

可是父亲并不同意她学法律，大概是他觉得当时社会之动荡，宪法如同虚设，又抑或是他觉得法律沉重，于一个女孩子并不相宜，总之，他坚决不要她当他的助手。于是，她只好改选了政治系。

因为不喜欢这专业，杨绛对课程只是敷衍了事，大部分时候都待在图书馆里阅读文学书。三年下来，她对文学的兴趣更是一发不可收拾了。

大三时，杨绛得到了威尔斯利女子学院的奖学金，可以去美国留学。可是奖学金并不包括生活费，美国生活费昂贵，她不想给家庭增添负担，而且更重要的一点是，她压根儿就不打算继续攻读政治。她并不觉得洋学位多了不起，她宁可考清华的文学研究院，她想去中国最好的大学读自己最喜欢的文学。

杨绛果然考入了清华，一入学，她便赢得了梁宗岱先生的赞赏。那时候，梁先生教法语，第一堂课是听写，她答题的准确率令梁宗岱刮目相看。他问她，她的法语是怎么学的，她坦然道："自学的。"

杨绛的才气和聪慧并不亚于钱钟书，他们俩一个是出身名门的才子，一个是书香门第的才女，门当户对，佳偶天成，连她的母亲都说："阿季的脚下拴着月下老人的红丝呢，所以心心念念只想考清华。"

他们在清华一起待了一年，1933年的夏天，钱钟书毕业了，因为他才华格外出众，清华希望他留校继续攻读硕士，可是，他拒绝了。他觉得自己有足够的自学能力，而且水平并不比在校的研究生差，没必要在同一间学校再学重复的东西，在文学上面，他向来是极自信的。

当时，钱钟书的父亲在上海光华大学担任中文系主任，他便应了父命，去了光华大学任教。杨绛还没有毕业，继续留在清华读书，他们第一次短暂分开。

钱钟书离开后，给她写了许多信，作了很多情诗，皆是旧体诗，其中有一首是这样写的——

缠绵悱恻好文章，粉恋香凄足断肠；

答报情痴无别物，辛酸一把泪千行。

依穰小妹剧关心，髫辫多情一往深；

别后经时无只字，居然惜墨抵兼金。

良宵苦被睡相谩，猎猎风声测测寒；

如此星辰如此月，与谁指点与谁看。

困人节气奈何天，泥煞衾函梦不圆；

苦雨泼寒宵似水，百虫声里怯孤眠。

　　这首诗文辞典雅，情深意切，放在唐宋佳作中也毫不逊色。他从不写当时流行的新诗，一律用旧诗体，旧体诗需对仗工整，且讲究平仄，比新诗难作，他却写得挥洒自如。他还写过一首诗，内有一句"除蛇深草钩难着，御寇颓垣守不牢"，运用宋明理学家的语句，他自负地说："用理学家语作情诗，自来无第二人！"他的才气就是在这样的小事处也会一一彰显。

　　钱钟书的诗虽作得好，她回信却并不多，杨绛对他说，她不爱写信，他有些抱怨她，"别后经时无只字，居然惜墨抵兼金。"后来，他写《围城》，还念念不忘这段往事，《围城》里的唐晓芙也不爱写信。

　　大约是钱钟书写信写得太勤，连父亲钱基博也看出了端倪。有一天，老先生擅自拆了杨绛的一封回信，一读之下，却对杨绛大加赞赏，原来那封信是杨绛写来和钱钟书讨论婚嫁问题的，杨绛这么写："现在吾两人快乐无用，须两家父亲兄弟皆大欢喜，吾两人之快乐乃彻始终不受障碍。"

钱基博看完，也不问钱钟书的意见，自作主张提笔给杨绛回了一封信，夸奖她明理懂事，并郑重其事地把儿子"托付"给她。

有了这一出，钱钟书和杨绛的关系从此被双方父母知晓。两人所在的家族都是当地名门，于是，双方父母便循照旧礼，为两人订婚。

钱钟书由父亲领着，上杨家拜会杨绛的父母，正式求亲。然后，请出男女两家都熟识的亲友作为男女两家的媒人来"说媒"，他们还在苏州一家饭馆里举办了订婚宴，请了双方族人及至亲好友。

两人本是自由恋爱，结合却沿着"父母之命，媒妁之言"老老实实走了一遍程序，他觉得这事颠倒了，她也觉得很茫然，"茫然不记得'婚'是怎么'订'的，只知道从此我是默存的'未婚妻'了。那晚，钱穆先生也在座，参与了这个订婚礼。"默存是他的字，她喜欢叫他默存，而他也喜欢叫她"季康"，她本名杨季康，杨绛是她后来才起的笔名。

订婚后，钱钟书仍在光华大学授课，杨绛回清华继续念书，她还有一年才毕业，这时的她，在清华已经崭露头角。

在朱自清先生的"散文写作"课上，她交过一篇作业，叫《璐璐，不用愁！》，描写青春期少女的三角恋爱心理，细腻动人，朱自清很是赏识，推荐给《大公报·文艺副刊》发表。后来这篇文章还被选入了由林徽因编辑的《大公报·文艺副刊小说选》中，出版时题目改为了《璐璐》，署名是季康。那本集子一共选了二十五位作家，共三十篇作品，和她一起选入的还有沈从文、萧乾、老舍、李健吾、凌淑华……都是当时的名家，她以一篇学生习作被选，难能可贵。

杨绛如此文才出众，又是大家闺秀，在男多女少的清华自是极受瞩目。虽已订婚，但终究还未成婚，未婚夫又不在身边，所以，爱慕她的人不在少数，"杨绛肄业清华大学时，才貌冠群芳，男生求为偶者七十余人，谑者称杨绛为'七十二煞'。"

但她并不觉得这有什么大不了，她不太在意自己的相貌，也不自恋地觉得自己多貌美。很多年后，有人为钱钟书作传，她还特意写信声明："我绝非美女，一中年妇女，夏志清见过我，不信去问他。情人眼里则是另一回事。"

钱基博并没有看错，杨绛一直都是理性明慧的女子。世间女子，大凡听到别人夸自己美，就算面上不露出来，也会在心中暗喜，她却是例外。其实那些不相干的外人看她美不美又有什么要紧，只要在情人眼中她是美的就行，也只有情人的认可方是真的赞誉。

对容貌一事，杨绛极是通达，所以，她没有在清华一干男生的追求中昏了头脑，飘飘然自恋成"公主"。一如她的文，她的人也一直保持着内敛和素净。

又过了一年，1935年春，钱钟书参加了教育部公费留学资格考试。当时国民党教育部将英国退还的庚款用作国内青年去英国留学的奖学金，但这种公开招考的录取名额极为有限，英国文学就只有一个名额，钱钟书以绝对优势名列榜首，顺利地拿到了这个名额。

消息传来，杨绛极为高兴。

有哪一个念西方文学的人不向往英国呢？莎士比亚、狄更斯、曼斯菲尔德……那些英伦作家的名字如雷贯耳，而他们描写的那个国度，那多雾的伦敦，那泰晤士河上迷蒙的晓雾，那些优雅的英国绅士和穿苏格兰格子裙有着亚麻色头发的少女，如梦境般在她的世界里夜夜上演。

三年前，杨绛拒绝了威尔斯利女子学院的奖学金，这一次，她连毕业都等不及了，迫不及待地想同他一起离开。

能和志同道合的心爱男子去梦想之地游学，这当是年少时最叫人愉悦的事了。

她同老师商量，用论文形式代替考试，提前一个月毕业了。七月中，他们正式完婚。

婚礼仪式一共两场，杨绛娘家的那场采用西式。新娘披长纱，有为新娘提花篮的花女和提拖地长纱的花童，有伴娘伴郎，还有乐队奏曲，新郎新娘鞠躬为礼，戴戒指，并在结婚证书上用印。而迎娶至无锡后，钱钟书家的那场，拜天地，敬高堂，入洞房，一切礼俗和仪式都按照中国传统。

他们的婚期正当酷暑，仪式冗长烦琐，他穿的黑色礼服，浆洗过的挺直领圈已被汗水浸得软耷，她被白婚纱一层层紧实裹着，早已从头到脚湿透，仿佛从水里捞了出来。他们一起步入席间，给宾客敬酒，在忙乱和喧哗中，偶尔相顾一笑，天气炎热，彼此的眼神却格外清明。

从前和他提起自己家庭的时候，她有些自豪道，清末状元张謇曾称她的父亲杨荫杭为"江南才子"。不想他也把张謇致他父亲的信拿给她看，原来在信中，张謇也称钱基博为"江南才子"，她哑然失笑。

"江南才子"是否张謇敷衍送人的，不得而知，但她与这赞誉却是缘分匪浅。她"从一个'才子'家又到了另一个'才子'家"，而且，她嫁的男人，也一样担当得起这四个字。

一个月后，他们双双离开了江南，从上海启航，乘船去了英国。有关婚礼的烦琐杂事都已经尘埃落定，他们终于有了两人平静相对的时光。

船行海上，猎猎的海风吹过，空气中有咸凉的气息，他们都是第一次离家万里，旅途又漫长无际，不知何日才能抵达彼岸。遥望苍茫的海面，她陡然生出了一种既甜蜜又惶恐的心情。

杨绛常听钱钟书说自己"拙手笨脚"，现在她才知道原来这个鼎鼎大名的才子分不清左右手，不会系鞋带上的蝴蝶结，甚至连拿筷子也是一手抓。在生活上，他完全失去了"翩翩风度"，成了一个什么也不懂的小孩子，处处依赖她。

她想起一个古老的词来——相依为命。这一辈子，她都要照顾他了，尽管她也自小娇生惯养，连自己都照顾不好。

牛津大学秋季开学是十月份，他们抵达牛津时，学校还未开学。钱钟书已由官方安排妥当，进入Exeter（艾克赛特）学院，攻读文学学士学位，而她也接洽女子学院，希望能继续攻读文学。可是文学的名额已满，只能修历史，她又不肯，于是，她做了牛津的旁听生。

杨绛偶尔去听课，大部分时候，她都待在图书馆里。牛津的图书馆古老而恢宏，中世纪建筑宛若一座城堡，还在东吴大学念书的时候，她便在图书馆中寻觅，想走入文学领域而不得其门。考入清华后，深感自己欠修许多文学课程。如今，到了以藏书丰富著称的牛津图书馆，又有大把空闲时间，她开心异常，于是定了计划，比照着文学史，一本一本地读。

午后阳光从高大的窗户照入，在她的笔记本上洒下疏落的影。坐在临窗的桌前，读着架上的文学典籍，因为上课时分，馆中学生很少，偌大的厅中常常只有她一人，那样的清静，连她写字的沙沙声也清晰可闻。

下课或放假的时候，钱钟书也会过来，两个人一起伏在桌上读书。有时候，他们也去市区的图书馆，那里可以借到十九世纪的作品和通俗书籍，然后他们抱上一堆书回家。

入夜了，街上的灯一盏盏亮起来，高大的警察慢吞吞走着，挨家挨户检查大门是否关好。邮差也识得他们，半道上遇上了，就把家信给他们，在一旁玩耍的小孩子会跑过来，和他们讨要信封上的中国邮票。

牛津就是这样静好的小地方。

钱钟书在牛津拿到学位之后，他们又一起去了法国巴黎大学念书。巴黎大学比牛津自由，他们更加肆意地读书，除了英文书，还读许多法国作家的书，比如福楼拜的《包法利夫人》。他更在法文书之外，读了大量的意大利文和德文书籍，阅读量叫人望而却步。

除了一起读书，他们还一起读诗背诗，中文的、西文的，都来者不拒。他们还喜欢比照着书中的描写一起看风景，看到不同的房子，就一起猜测里面住着什么样的人家，看到人流中的各等人，就猜测那人有怎样的身份。

不久后，他们有了一个孩子，一个健康漂亮的女孩，他们叫她"阿圆"。

生阿圆的时候，钱钟书天天守在杨绛床前，她住医院，他在家和医院两头跑，他老闯祸，苦着脸说："我做坏事了。"

他陆续打翻了墨水瓶，弄脏了房东家的桌布，弄坏了门轴，砸碎了台灯，她每次都笑眯眯地说："不要紧，我会洗，我会修。"不过，她出院回家的时候，他却为她炖了鸡汤，还剥了嫩蚕豆搁在汤里，他做得很好，而她也真的把他做的"坏事"都修好了。

就这样，自小被仆妇照顾的他们在跌跌撞撞中学会了过日子。从没做过饭的她摸索着学做菜，犯了几次把扁豆壳丢进汤里之类的错之后，居然也能做出像模像样的红烧肉；而"拙手笨脚"的他不仅学会了划平生第一根火柴，还包办了他们的早餐。他做的早餐还很丰盛，有香浓的奶茶，煮得恰好的鸡蛋，烤香的面包，黄油、果酱、蜂蜜也一样不少。

在牛津和巴黎的数年，是他们最快活的时光，用她自己的话说，就"好像自己打出了一片新天地"。

很多年后，有个叫金庸的武侠小说家，曾在他的《射雕英雄传》中写过一对夫妻，黄药师和他的妻子阿蘅。这虚构的情侣像极了他们，都是聪明骄傲、才华卓越的男子和才智双全的妻子，只不过黄药师和阿蘅是幻想中的神仙眷侣，而他和她，是红尘俗世里的珠联璧合，有谈诗论文心灵相通，有柴米油盐磕磕碰碰，方叫圆满。

他们在巴黎待到了1938年，那年秋天，他们带着一岁的女儿，回到了硝烟弥漫的中国。当时，清华、北大为避战乱，都已南迁至昆明，与南开共同成立了西南联大。钱钟书应清华邀约，将前往西南联大教书，而杨绛的家人避难到了上海，母亲在逃难时去世，三姑母杨杭荫为了保护学生被日军枪杀，她急于回家安慰悲伤的父亲。于是，他们中途分开，他从香港去昆明，而她带着女儿，独自回上海。

在上海，杨绛一方面照顾父亲和阿圆，另一方面帮着母校振华中学筹建上海分校，还当了一位富家小姐的家教。工作虽辛苦，却有亲情的安慰。

钱钟书远在昆明，却过得并不如意。他本就才高过人，如今留学归国，学术更是精进，在中国，出头鸟总是被打的，更何况他并不是擅于掩饰的人。与他不相投的人，他一概不放在心上，还常有戏谑之语。他是文字高手，往往只用一两个字便尽显讽刺刻薄之能事，放在西方，这是文人的幽默，放在中国，他不知得罪了多少人。

钱钟书在西南联大只待了不到一年就离开了，正好他的父亲也在湖南蓝田师范任教，他便去了湖南。他在那里干了两年，组建了师院的外语系。1941年暑假，他获悉清华将重聘他回校任教，于是他辞去了蓝田师范的职务，回了上海。

钱钟书住在家中，一心一意等着清华的聘书，可是，聘书迟迟未寄。

曾经，他离开西南联大的时候，也发生过类似的事。当时梅贻琦校长亲自发电报挽留，可他却没有收到，直到清华校方又发电报来问他为什么不回梅校长，他才得知之前梅校长发过电报，可那时他已经往蓝田师院赴任。

两封信件都"失踪"得这么凑巧，他是聪明绝顶的人，何尝不明白其中的道理。据说，他受排挤，是因为他说过一句话："叶公超太懒，陈福田太笨，吴宓太迂。"这句话他有没有说过，已不得而知。吴宓是赏识他的，为了他还和清华据理力争，称清华无容人之量。但是，在西南联大时，他也真的得罪了叶公超和陈福田，不知是不是为了这句话。

　　他是心高气傲的人，碰了两次钉子，自然不愿再回到不受欢迎之处去。于是，当陈福田来上海拜访他时，仍没收到聘书的他客气地拒绝了陈福田口头转达的"聘任"。

　　钱钟书留在了上海，他们一家在这沦陷的孤岛一待便是八年。

　　不久，日军攻占了上海，振华分校解散了，聘请杨绛做家教的那位富家小姐也高中毕业了。于是，她换了另一份工作，做工部局半日小学的代课老师，而他在震旦女子学院授课，还收了两个拜门的学生。

　　她的父亲去世了，他家的经济条件也已大不如前，他们不愿向家中求助，给家中再添负担。

　　杨绛赶很远的路去郊区上课，辞了用人，包揽了一切家务，自己劈木柴，和他一起自制煤饼，他也一再要求震旦给他加课时。

　　虽然这样辛苦，薪水却仍赶不过飞涨的物价。贫穷摧毁了他们一家的身体，杨绛持续不明原因的低烧，钱钟书几乎每年生一场大病，他们的宝贝"阿圆"也得了骨结核差点死去。与他们在巴黎、牛津的美好岁月相比，这是一段太过艰难的岁月。

可是，他们的日子依然过得生动有趣。她劈柴做饭的时候，戏称自己做了"灶下婢"；他逗女儿，有什么好吃的总"欺负"她，说"baby no eat（宝贝不能吃）"，看她发愣便哈哈大笑；女儿睡觉，他趁机在她的肚皮上画鬼脸，杨绛好气又好笑地说："我养了两个小孩子。"

生活的艰难没有折损他们事业的辉煌，这段时间，他写出了著名的《围城》，这部作品让"钱钟书"这个名字被世人铭记；而她翻译出版了《一九三九年以来英国散文作品》《随铁大少回家》，还创作了四幕悲剧《风絮》，著名戏剧家李健吾赞誉她："我们开始发表杨绛女士的《风絮》，她第一次在悲剧方面的尝试，犹如她在喜剧方面的超特成就，显示她的深湛而有修养的灵魂。"

战争终于在1949年结束了，那年夏天，他们被清华聘请，回到了北京，开始了新中国的生活。

他们没有选择离开，并非无路可走，也不是为了留下来唱"爱国调"谋什么高职，"我们不愿逃跑……我们是文化人，爱祖国的文化，爱祖国的文字，爱祖国的语言……不愿做外国人。"这八年并不是他们生命中唯一的艰难时期，后来，他们还经历了同样艰难的"文革"岁月。

那时候，他们被下放去干校，杨绛被罚种菜，钱钟书担任干校通信员。不过，他每次去邮电所取信，都会溜空特意走到菜园东边，与她"菜园相会"。

十年"文革"，他们仍然成就斐然。钱钟书写出了宏大精深的古籍考证与评论著作——《管锥篇》，所引中外著作上万种，作家四千余人；而杨绛译著了讽刺小说巅峰之作——八卷本的《堂吉诃德》。

当时光流逝，生活褪去最初的华彩，逐渐呈现粗糙的面目，她不再是当初不识柴米油盐的苏州小姐，他也不再是古月堂前吟诗作赋的翩翩少年。

然而，战乱和贫穷虽然改变了许多东西，却总有些东西永恒不变。

那便是"风骨"。

陈寅恪·唐 筼

也同欢乐
也同愁

一〇〇~一二三

涕泣对牛衣，卅载都成肠断史。

废残难豹隐，九泉稍待眼枯人。

◇ 陈寅恪

1928年，初春，北平。

这天，一个叫郝更生的青年教师从清华出发，去北京女子师范大学看望女友，在女友的好友唐筼家中看到了一个横幅，诗固然写得潇洒自如，一笔书法也极是苍劲，题注写："为人作书，口占二绝，冬阴已久，立春忽晴，亦快事也。南注生。"

他很好奇"南注生"究竟是何人，回去后，便去请教他的同事陈寅恪。陈寅恪是清华国学院的教授，与他同住清华工字厅，在整个清华，陈寅恪博闻强记无人能及。

一问，陈寅恪果然知道，告诉他，南注生便是唐景崧[1]，清朝最后一任台湾巡抚，曾率台湾民众奋力抗击日军侵台。唐景崧著有一本《请缨日记》，陈寅恪读过，对他的生平事迹很是了解。

郝更生暗自佩服陈寅恪的"无书不读"，也随口说了一下唐筼的情况，不想陈寅恪一听之下大为惊讶："此人必灌阳唐景崧之孙女也。"

　　他猜得不错，唐筼确实是唐景崧的亲孙女，为唐公第四子运泽与蒋氏夫人所出，1898年6月生于桂林。按家中的排行，她起名为"家琇"，号"稚筼"，字"晓莹"，工作后，她常用单字"筼"。

　　陈寅恪郑重拜托郝更生，想亲眼看一看横幅，并拜访横幅的主人。于是，春日的一个周末，郝更生陪陈寅恪去了西城绥水河胡同的唐筼住所。

　　唐筼端出茶水招待他们。许多年后，陈寅恪还清晰地记得那个春日，唐筼言笑晏晏，落落大方，她的姿容虽算不上极美，言谈举止却叫人如沐春风。

　　此后，他常常约她出来，谈天论地，相处极为融洽。那年，他三十八岁，她三十，在当时都已是大龄男女，两人皆因潜心为学而耽误了婚期，能相识相知是天赐的缘分。

　　其实他们也算门当户对。陈寅恪出身世家，他的祖父名叫陈宝箴，是被曾国藩推许为"半杯旨酒待君温"的清末名士，官至湖南巡抚。

　　他的父亲陈三立，号"散原老人"，以诗文闻世，著有《散原精舍文集》。1924年泰戈尔访华时，曾在徐志摩的陪同下，特意拜访散原老人，两人比肩合影，传为一时佳话。

　　寅恪是陈三立的第二子，幼年始便潜心向学，十三岁随兄长留学日本，成年后就读于美国哈佛大学和德国柏林大学，

"研究梵文及东方古文字学等"，[2]前后约七年。

　　他是极勤奋的学生，娱乐活动少得可怜，"那时在德国的学生们大多数玩的乱得不得了，他们说只有孟真（即傅斯年）和寅恪两个人是宁国府大门前的一对石狮子。"[3]在生活上他极尽简朴，去饭店吃饭的时候，他总是点最便宜的炒腰花吃，"以为寅恪喜欢吃腰花，后来才知道，不过是为了省钱而已""……每天一早买少量最便宜面包，即去图书馆度过一天，常常整日没正式进餐。"[4]他把节省下来的钱都花费在购书上，成了中国留学生中，在海外藏书最多、搜购书籍最勤的人。

　　他的勤奋并没有白费，博览群书让他的学问大为精进，为许多人钦佩，吴宓曾说："宓于民国八年在美国哈佛大学得识陈寅恪。当时即惊其博学，而服其卓识，驰书国内诸友谓：'合中西新旧各种学问而统论之，吾必以寅恪为全中国最博学之人。'"[5]

　　他离开哈佛的时候，他的导师蓝曼[6]在给哈佛校长的信中说："……在过去的几年里，我教过几个优秀的学生，有的是从日本来的，有的是从中国来的。目前我正在指导两名出众的优秀研究生，一名是上海来的陈寅恪，一名是'北都'来的汤用彤。他们对我真有启发，我衷心希望我们能有许多这样精神高尚而且抱负不凡的人来活跃我们本国的大批学生，我深信，他们两人都会对中国的前途有卓越的贡献……"[7]

蓝曼的话说得没错。1926年陈寅恪回国，任教于清华国学院，他来得正是时候，清华国学研究从此进入一个全盛时期。尔后数年，清华国学再无任何一个时期可以与这时比肩。

他带着大量的书籍回国，随行的还有一个三岁的小男孩，这孩子是他表弟俞大维的孩子。俞大维与他一路同学，从哈佛到柏林大学整整七年，傅斯年曾说："在柏林有两位中国留学生，是我国最有希望的读书种子，一是陈寅恪，一是俞大维。"[8]

在德国时，俞大维与一位钢琴教师相恋，因为姑娘的父母不同意他们的婚姻，于是这孩子便成了私生子。

陈寅恪建议，把孩子交由自己的妹妹新午抚养。新午尚且待字闺中，却慨然接受了这个孩子，这件事居然也没有影响到她对俞大维的感情，半年后，他们便结了婚。这孩子起名为俞扬和，长大后娶了蒋经国的女儿蒋孝章。

陈寅恪回国后，在家稍事休整，便赶到了清华。当时国学院的导师还有王国维、梁启超、赵元任，名师荟萃，学生也尤为优秀，时人谓"清华学院多英杰"。

陈寅恪首开的课程是"佛经翻译文学"，后来又陆续开设"西人之东方学之目录学""梵文文法"等课，都颇为艰深，还牵涉到许多边疆语言和外文。听讲者回忆道："陈先生演讲，同学们显得程度不够。他所会业已死了的文字，拉丁文不必讲，如梵文、巴利文、满文、蒙文、藏文、突厥文、西夏文及波斯文非常之多，至于英法德俄希腊诸国文更不用说，甚至于连匈牙利的马扎尔文也懂，上课时我们常常听不懂，他一写，哦！才知道那是德文，那是俄文，那是梵文，但要问其音，叩其义，方始完全了解……"[9]

陈寅恪的事业蒸蒸日上，感情却仍是一片空白。那时，他已年近四十，亲友们都张罗着为他介绍对象，他却一直没觅到合适人选。

他觉得婚姻是极端神圣的，妻子应该是永恒的心灵伴侣，他宁可单身，也不肯将就。父亲急了，告诫他如再不定下婚姻大事，自己便要强行做主。

唐筼的出现恰逢其时。1928年的夏天，他们订了婚，同年7月17日，他们在上海成婚，陈寅恪从德国带回来的那个小男孩俞扬和做了他们的纱童。

婚后不久，唐筼便怀孕了。第二年，她生下了他们的第一个孩子，一个可爱娇俏的女儿。

她本有心脏病，又属高龄初产，生这孩子的时候引发感染，几乎丧命。生产之后，她的身体大为折损，无法再兼顾工作与家务。为了让陈寅恪能专心治学，不为琐事分心，唐筼辞去了自己的工作。

她心中有些遗憾，可并无后悔。两年前，养母潘氏的遽然离世让她明白了许多东西。

当时，潘氏正低头穿一只窄紧的新线袜，突而头部剧痛，就撒手人寰了。潘氏虽不是她生母，但她自小便被过继给潘氏，得其爱护无尽。可潘氏这样猝不及防地离开了她，她顿觉无尽凄凉。

那时，唐筼在北平女子师大任教，因工作优秀而得到了许多赞誉，于是，她越发全心投入在工作中，几乎没有考虑过婚姻。可养母的离世让她头一次发现，事业再辉煌也抵不过亲人相伴，如果可以选择，她宁可要一个温暖的家。

为了家，唐筼甘愿放弃自己的事业，这个毕业于金陵女子大学，写得一笔娟秀小楷的才女，从此默默退守在了陈寅恪的身后。这一退，便是一辈子。

他们的第一个孩子起名为流求，"流求"是台湾的古称。过了不到两年，他们的第二个孩子出生了，起名为"小彭"，隐喻澎湖列岛，澎湖列岛也常被看作台湾的姊妹岛。

他们因为唐筼的祖父——台湾巡抚唐景崧的诗歌而结缘，以台湾为爱情的结晶取名也顺理成章。

就在流求出生的这年，清华国学院停办了。这间极具风格和希望的学院只存在了短短四年，却培养了大量学术人才，语言学家王力、文史学家谢国桢、文献学家姚名达等皆出身于此。可惜的是，王国维投湖自尽，梁启超病重而逝，国学院的半壁江山从此凋零，后继无人，不得不在1929年停办。从此，清华国学再不复这般辉煌。[10]

但陈寅恪的生活并没有太大改变，他转任为清华大学中文、历史两系的合聘教授，平日除了博览群书，"于唐代文学与佛经多所涉及，所特好者，用力尤勤"[11]，还研习梵文与满文，每周六他都跟随一位叫钢泰和的外籍教师学习梵文，还去大高殿军机处查阅满文档案。[12]

1929年到1937年，这是陈寅恪一生中收获最多的日子，因为生活安定，图书资料亦容易获取。他发表了约五十余篇学术论文与序跋，在国际上渐有声名。

他们一家居住在清华新西院36号，房舍宽敞明亮。空闲的时候，他喜欢和唐篔一起坐在客厅前的花架下，看孩子们嬉戏。

唐篔在花架下种了许多蔬菜，金瓜、苦瓜、葫芦瓜……摘下来随手一洗便可入菜。他喜欢吃她做的一道干煸豆豉苦瓜，自家院子里新摘下的苦瓜，水嫩鲜灵得仿佛能掐出水来，用豆豉一炒，满院飘香。她以前并不会做菜，嫁给他之后，才特意为他学做湖南菜。[13]

他喜欢在花架下教孩子们背诗，从最早的"松下问童子，言师采药去"教到《长恨歌》《琵琶行》。孩子们识字的卡片是唐篔手制的，她用硬纸壳剪成一个个的小方块，在上面写"田""口""贝"……孩子们很喜欢。[14]

陈寅恪教孩子们的时候，唐篔一心伺候她的瓜果花卉，或者端坐在藤椅上做些针线活。他的薪水虽高，却要用来买书购资料，还要拿出一半来奉养父亲散原老人。于是，她精打细算着过日子。[15]

她用布头布尾给孩子们缝舞鞋，还自制窗帘。她家窗帘虽用最普通的黄色土布制作，却比别人家的都精致些。她别出心裁地剪下印花布上的活泼飞鸟，用补花技术一只只缝上去，她的手极巧，小鸟与窗帘贴合得毫无痕迹，风吹帘动，小鸟也随之"飞舞"，极为活泼生动。

周末，他们一起进城去看望散原老人，老人家八十一岁，迁来北京，居住在西四牌楼姚家胡同，平日由孩子们的大伯母照顾。散原老人很欣赏唐筼的书法，题字的时候，总让唐筼在旁边磨墨铺纸，兴致好的时候，他给唐筼、流求、小彭都题写过名字，孩子们欢喜极了，把他的题字刻在铜笔盒上做纪念。

陈寅恪很满足这恬静安宁的生活，可唐筼心里却一直有个遗憾。那时，她已经接连生了两个女儿——流求和小彭，她很渴望为他生个儿子，延续陈家的香火。

于是，不顾医生的反对，冒着心脏病和高龄生产的危险，她生下了第三个孩子。

仍然是个女孩，可其实陈家人并不像她想的那么在意，散原老人还乐呵呵地给孩子起了个好名字——美延，出自《荀子·致士》："得众动天，美意延年。"

她渴望儿子的焦灼心思慢慢平定了下来，相比同时代的女子，她很幸运，遇到了开明的丈夫和公公。怀抱着小小的美延，她的脸上露出了幸福的笑容。

他们的幸福中止在1937年的夏天。

7月7日，卢沟桥事件爆发，北平沦陷。日军大举侵入北平，散原老人忧愤难平，很快便病倒了，病卧后每逢来探望者，老人总是询问："时局究竟如何，国军能胜否？"为了安慰他，家人总说中国军队胜利了。

可是，当老人发现事实是局势在一天天变坏时，他开始拒绝饮食、服药，平津沦陷时，他痛心疾首："苍天何以如此对中国邪！"五天后，他气绝而亡。

祸不单行，为父亲治丧的时候，陈寅恪突然发现自己的右眼视力在急剧下降。他去同仁医院检查，发现是右眼视网膜脱落，急需入院手术，但若接受手术，需要很长一段时间来疗养。

彼时，清华已决定南迁，和北大、南开三校到长沙合组联合大学，三校师生皆冒着被轰炸的危险，积极赶赴长沙。陈寅恪也不愿再留在沦陷区，父亲散原老人宁死不屈，他又岂能在日伪政权的控制下苟且偷生。于是，他决定不做手术，立刻离开北平。

在散原老人去世四十九天后，陈寅恪和唐篔带着三个年幼的孩子，踏上了艰难的旅程。

右眼的视力一天天衰竭，终于一片昏黑，他心知自己为"气节"二字付出了怎样的代价，但他不后悔。

他相信，她也相信，他用仅存的左眼也能做出好文章。

他们从北平坐火车抵达天津，逃难的人极多，拥挤不堪，"还有不少穿黄军衣的日本兵和穿黑制服的伪警察对旅客搜身"，流求和小彭都很紧张，紧紧拉住父母亲的衣角，小脚的保姆王妈抱着襁褓中的美延，与陈寅恪夫妇寸步不敢离。

等到了天津，他们即刻乘渡轮赶往青岛，然后去济南。逃难的民众越来越多，由济南南下的火车有票也挤不上，流求和小彭由先上车的同事妻子从车窗里抱进去，大人们也从车窗爬入车厢，沿途不断有人上来，整个车厢被挤得水泄不通。终于挨到郑州，又转车到汉口，走了近一个月后，他们才抵达长沙。

长沙的冬天寒冷而潮湿，他们也学长沙人的样子，买了一只"烤火缸"回来取暖。那是长沙特有的取暖工具，生长在北方的孩子们从未见过，觉得新奇好玩。

他们以为就此可以安定下来。谁知没多久，局势进一步恶化，长沙临时大学决定搬迁至云南，并改名为西南联合大学。于是，他们只得再一次搬家，重新踏上路途。

他们的路线是从长沙经桂林、梧州到香港，再从香港搭海轮到安南海防，转乘火车到昆明。等他们辗转抵达香港，已是旧历年除夕。

襁褓中的美延突然发起了高烧，将他们折腾得焦头烂额。幸得在香港的故交许地山夫妻多加照顾，他们才得以撑过去，安心地过了一个新年。

除夕夜，他们的主菜只有一道红烧肉，其余都是素菜。孩子们齐齐把筷子伸向唯一的荤菜，唐篔轻声制止了她们。

她说："王妈跟着我们奔波数月，过年了家里荤菜少，你们孩子就多吃素菜，让王妈多吃几块肉。"孩子们乖巧地把筷子放了下来。[16]

过完年，陈寅恪赶赴西南联大授课，而唐篔因为数月奔波，心脏旧病复发，不能再赶路。而且云南又是高原地区，对心脏病患者尤为不利，于是，她与三个孩子便留在了香港。

临行时，陈寅恪抱着美延在家门前拍了一帧相片。相片照得极好，小美延的脸蛋圆圆的，眼睛大大的，笑得很甜蜜，而他侧头看美延的目光溢满了一个父亲对女儿的宠溺。

他对这一幕记得异常清楚，以至于在云南蒙自的集市上，看到一个大眼睛圆脸的孩子，便使劲盯着看，被孩子的母亲误会他有什么歹心，赶紧背着孩子跑了。

陈寅恪在云南异常想念家人，可抗战时期教务人员的薪水大幅度消减，又赶上了通货膨胀，他负担不起昂贵的路费，无法回家。

陈寅恪不知道，为了缩减生活成本，唐篔和孩子们也搬了家，从香港半山的罗便臣道104号搬入房租较低的九龙城福佬道11号三楼。他记忆中圆乎乎可爱的小美延得了百日咳，终日又咳又吐又发烧，瘦得几乎不成形。

唐篑怕他担忧，什么也没说。那时候，陈寅恪心情正差到极点，因为他最重要的书籍在搬家过程中全部丢失。离开北平前，他把书都打包装在最好的箱子里，没想到这样更引起了窃贼的觊觎，两箱书籍全被掉包，"当日的两箱书中，中文、古代东方文字的书籍及拓本、照片几乎全部丧失。"[17]

这对他而言，简直是锥心之痛。因为他习惯把读书心得、相关资料、对比校勘等内容，都批注在书眉及行间空白处。那批书是他二十年的耕耘成果，只等时机成熟便整理成著作，没承想悉数在安南遗失。他因此大受打击，屡次病倒在床。

这一年的七夕，他笔触沉重地给她写了一首诗——

　　戊寅蒙自七夕
　　银汉横窗照客愁，凉宵无睡思悠悠，
　　人间从古伤离别，真信人间不自由。

她想了想，和了这样一首——

　　和寅恪云南蒙自七夕韵时篑寄九龙宋王台，俗传南宋末陆秀夫负帝昺投海处畔。
　　独步台边惹客愁，国危家散恨悠悠。
　　秋星若解兴亡意，应解人间不自由。

她用她的温柔体贴，宽慰了他的心。

1939年，通货膨胀更加严重，钱几乎每天都在贬值。为了节省开支，唐筼领着孩子们搬了三次家，第一次搬到跑马地附近的峡道，第二次搬到九龙太子道尾端，第三次搬到九龙弥敦道旁的山林道24号。

期间她大病了一场，幸亏许地山夫人及时赶到，将她送入医院，病情稍稍稳定，她便要求搬至收费较低的病床。

她出院的时候，陈寅恪终于攒足了路费，从昆明回来了，同时还带来了一个好消息，他被英国牛津大学聘任为汉学教授。

一家团聚，孩子们都高兴极了，大家一起在山林道的居所拍了一张大团圆的照片，小彭靠着母亲，笑得最是灿烂。[18]

他打算8月底乘船赴英，然而就在这时，欧战爆发，邮路不通，他被迫推迟一年就任。

这是他第一次与牛津擦肩而过。第二年的时候，仍是因为欧战，英国难以颁发入境许可，路费亦没有如期寄到，他再一次与牛津失之交臂。

天意弄人，若是他那时离开了，也许命运将是另一个样子。

赴英既无望，他打算重回联大，没想到战乱中滇越路断，联大也回不去了。无奈之下，他只得在香港留下来，去香港大学做了客座教授。

如此，两年。

1941年底，太平洋战争爆发，日军占领香港。

他们被困守在了香港这所孤岛上，粮食奇缺，连红薯皮都是无上美味。有一次流求和小彭跟邻居去菜场，买了一块豆腐，转瞬便被人抢走。更叫人担心的是混乱的治安，离他们家不远的一户人家，五个女儿全遭日军强暴。

唐篔将流求打扮成男孩子模样，送去亲戚家躲避。九岁的小彭也被打扮成了男孩子模样，唐篔还用一块浅色布写上家长及孩子的名字、出生年月日、亲友地址，缝在四岁美延的罩衫上，她怕美延会在兵荒马乱中走散。如果有好心人看到这块布，也许会送美延回来。

陈寅恪也被敌伪盯上，广州的汪伪组织、香港倭督及汉奸都用尽各种办法胁迫他出任伪职。

他虽一一拒绝，但也心知肚明，必须尽快逃离。

五月初，在朱家骅的帮助下，他们终于离开了香港，从广州一路向上，抵达广西桂林。他本打算继续上路，赶赴四川李庄历史语言研究所。然而，他突然生病，不能再长途跋涉，只得留在桂林，任教于广西大学。

在桂林度过相对平静的两年时间后，他判断时局，觉得日军不久便会进攻湘、桂。于是，1943年8月，他们又再度登上了逃难旅程。

事实证明，他对时局的判断是正确的，因为他的先见之明，他们有幸逃脱了沦陷之地。

四个月后，他们抵达成都，陈寅恪任教于复校后的燕京大学，至此终于安定下来。

算起来，从抗战爆发，短短几年间，他们从北平，经天津、江苏、湖北……直到成都，辗转流徙了十一个省。

就在他们长舒一口气，开始平定生活的时候，陈寅恪发现，他仅存的左眼视力下降得厉害，越发昏花起来。

唐筼想应该是劳累的缘故，颠沛流离了这么多地方，他又当选为英国科学院院士，研究任务繁重，眼睛很难有好的休息。她想了想，决定为他增添一点营养。他们没有太多钱买补品，于是，她把旗袍当了，自作主张买了一只母山羊。

每天，她在宿舍旁的草坡上学着挤奶，初时艰难，渐渐便顺手了。她曾是大家出身的闺秀，是那个年代少有的受过高等教育的女子，现在为了他，她俯下身来，像一个真正的农妇一样，用心为他挤一碗羊奶。[19]

她不觉得苦，望着掌中那碗洁白的羊奶，她笑意温柔。

可惜上天并没有怜惜她的苦心，1944年12月12日，他的左眼彻底失明。

没人能承受这样的打击，更何况，他还是一个著书立文的学者，失去眼睛，他何以为业。

他凄然落笔，写："去年病目实已死，虽号为人与鬼同。可笑家人作生日，宛如设祭奠亡翁。"[20]

唐筼紧紧按住了他的手，轻声却坚定道："闭目此生新活计，安心是药更无方。"[21]

他要倒下的时候，她撑起了他。

陈寅恪开始学着以耳代目，以口代笔，每天听报纸，练习口述诗作。唐筼担当了他的书记官，给他读书读报，随时记录他要写的书信和诗作，还协助他找研究资料。

她良好的古文功底也算是发挥了作用，否则，人们几乎都忘了，退守在陈寅恪身后的她也曾是一位才女。

1945年，二战胜利，牛津大学仍欲与他继续之前的聘任，并邀约他前往伦敦治疗眼疾。

陈寅恪满怀希望而去，在伦敦动了两次手术，由英国最著名的眼科专家Duke-Elder主刀，视力略有改善，然而终是复明无望。

胡适建议他去纽约哥伦比亚眼科中心诊治，并将他的诊断书索去，向哥大咨询。但哥大的专家会诊之后，答复道："Duke-Elder尚且无法医治，我们如何能补救？"

他凄然归来。

重抵清华园时，陈寅恪已是"盲目"教授，获特批在家中授课。课堂被安放在家中最西边的狭长大房内，学校还派给了他三位正式的助手，王永兴、汪篯和陈庆华。在他们的帮助下，他开始恢复正常教学与研究。

他分别给历史、中文两个系的学生上课，上课时，由助手板书，他在一旁讲解。他虽然行动不便，对教学却一如既往地严谨，每次上课前都提前备课，指导助手代查资料，他记性好到"往往连版本，页数，甚至行数都对"[22]的地步，叫助手大为惊讶。凭着卓越的记忆力，他修订完成了《元白诗笺证稿》，还口授完成了好几篇学术文章，包括极有分量的《从史实论切韵》。[23]

此外，他还招收研究生，且一律由他亲自指导，从不假手他人。

看到他接受现实，慢慢振作，唐筼很欣慰。

1948年的上元灯节，她兴致勃勃地买来了烟花，绚烂的烟花在半空瞬间绽放，他目不能视，却面露笑容。

她依偎在他身侧，寒风凛冽中看到他的笑，心底无比温暖。

然而，平静的生活没有持续多久，战争又一次爆发。1949年12月，内战的炮火临近清华园，时任交通部长的俞大维托来口信，让他们搭乘12月15日的飞机离开北平。

俞大维、傅斯年和胡适力劝他去台湾，可他没有走。据说为这件事，他们起了激烈的争执，唐筼也气得离家出走，幸亏有友人在香港九龙车站遇见她，将她拉了回来。

这件事记述于钱穆的《师友杂忆》中，台湾学者余英时也这么说，甚至进一步认为，陈寅恪晚年写作《柳如是别传》，表面上是颂赞红装柳如是的识见，实则是赞扬唐筼的先见。[24]然后蒋天枢和他们的女儿陈美延却否认了这一点，称他们并无争执，意见一致。[25]

确实很难想象，性格温和的她会离家出走。这段往事，谁的陈述更接近事实，已经无人能知。唯一可以确知的是，他从此便在广州待了下来，一待就是二十年，直到"文革"开始。

陈寅恪任教于岭南大学，岭南大学的校长陈序经对他极其礼遇，为了方便他的教学和研究，陈序经将他们的居所安排在图书馆侧的红色小楼里，四围幽静，榕树遮天蔽日，绿色深得仿佛要溢出。时任中南局局长的陶铸还特意在他院子里修了一条白色甬道，以便他散步。

他始觉安定，完成《论再生缘》之后，着手从事钱均益与柳如是诗歌的笺证。他有了一个得力助手黄萱，"工作态度极好，学术程度甚高"，对陈寅恪襄助颇多。

尽管有了助手，唐篔仍担当他的"书记"。她代笔他的往来信件，并翻检他的旧稿，为出版他的文集做前期准备，她与他配合得很默契。

这是一段安宁平静的好时光。

可苦难似乎总是不放过他。1962年夏天，他摔倒，右腿骨折，自此再不能行走。

那年他已七十二岁，目盲，膑足，人生悲惨之事压身，却还是在1964年的夏天，完成了洋洋洒洒八十余万字的《柳如是别传》。

这部开创了中国史著新范式的著作全由他口述完成，为他记录的黄萱感叹万分："寅师以失明的晚年，不惮辛苦、经之营之，钩稽沉隐，以成此稿。其坚毅之精神，真有惊天地、泣鬼神的气概。"

让陈寅恪始料不及的是，这不过只是苦难的开端。

两年后，"文革"全面爆发，广州的红卫兵冲入校园，赶走了黄萱。那时他正在黄萱的帮助下撰写自传《寒柳堂记梦稿》，黄萱被驱逐，他的写作至此中断。

大字报贴得铺天盖地，有人说他多年来大肆挥霍国家的财富和人民的血汗钱，每个月都要吃进口药物，有人谴责他每天享受"三个半护士"的护理。最令他感到屈辱的是，有人说他"有意侮辱护士"。

其实早在1958年的"厚古薄今"运动和"拔白旗"运动中，他便已经被批判过一次。但那次稍好，虽然极尽挖苦之能事，但大字报批判的基本是他的"资产阶级学术思想"，不涉人品。

那次，他没有争辩什么，只是停掉了所开课程，淡淡道了一句"不敢误人子弟"。可是这一次，他愤怒了，他要唐筼代笔，悲愤地写了数纸声明，反驳那些诬蔑，他企图用这种方式维护自己的尊严。

可其实对他那么心气高傲的人而言，辩解自己"没有天天吃进口药""没有侮辱护士""不是反革命",本身就是极大屈辱。

他的声明并没有什么效果,1966年冬天,大字报密密麻麻贴满了整栋红色小楼,甚至贴到了他的床头。

从外面看,曾经的红色小楼已看不到一点红墙的影子,墙面上贴满了白色大字报,活像一口纸棺材。昔日的青葱榕树上亦挂满长幅标语,迎风而动,仿佛招魂白幡。

一切都让人触目惊心。

对他的抄家开始不分日夜。有一次,蜂拥而至的红卫兵小将连拍门的那几秒钟也等不及,竟然从墙头直接爬上二楼。喝骂只是家常便饭,他们甚至动武,唐篔替他挡下,拳头便都落到了有心脏病的唐篔身上。

他们让他交代,前后六次,仍嫌不够,要他"补充交代"。

陈寅恪拒不认罪。

他说——

　　(一)我生平没有办过不利于人民的事情,我教书四十年,只是专心教书和著作。

　　(二)陈序经和我的关系只是一个校长对一个老病教授的关系,并无密切来往。我双目失明二十余年,腿骨折断已六年。我从来不去探望人。

(三)我自己的一切社会关系早已向中大的组织交代。

　　在那样的日子里，他仍然竭力维持着残存的尊严。

　　他唯一的一次"低头"是为了她。当时，护士全被赶走，三个女儿又都在外地，向单位请假始终得不到批准，于是，照顾他的重任便全部落到了她身上。

　　唐筼也已是逾七旬的老人，力不能支，他于是给校方写了一份"申请"，请求动用自己冻结的存款，雇用一位老工友。

　　陈寅恪写："如唐筼病在床上，无人可请医生，死了也无人知道。"语尽哀凉。

　　可是，他没有得到任何批准。

　　没多久，红卫兵们的手段进一步升级，把高音喇叭直接吊在了陈家的屋后房前，甚至吊到了他的床前，名曰"让反动学术权威听听革命群众的愤怒控诉"。

　　这样的日子，他们过了整整两年。

　　在正常时期，病弱的他们尚且要服安眠药才能入睡，怎可能抵受高音喇叭的日夜不休。唐筼心脏病复发，几欲死去，他提起颤抖的手，预写挽联——

　　　　涕泣对牛衣，册载都成肠断史。
　　　　废残难豹隐，九泉稍待眼枯人。

他失明的眼里，渗出了泪。

1969年春节，工宣队看中他们的房子，要改作指挥部，勒令他们搬家。

他们搬去了西南区50号。

六个月后，他油尽灯枯。

有人偷偷地来探望过他，据说他死前，瘦得几乎不成人形，"一语不发，唯有眼角不停滴泪。"

唐筼从容料理了他的后事，不久，她也死了。

据说，她是病逝的。然而，就在陈寅恪的治丧期间，她对女儿们说："待料理完寅恪的事，我也该去了。"她嘱咐从四川赶回来奔丧的流求，"若是我死了便不必再从四川来广州了。"她还一再寄语三个女儿要好好团结。

她的话听起来就像交代后事，好像预先就知道自己会死。

如果她一心求死，其实很容易，她后半生依赖药物而生，只需停药数天即可。她是不是在他去世后便已下定决心，要追随他而去？

不得而知。

唯一可以确知的是，他和她的死，只隔了四十五天。

他和她，终于同生亦同死，同欢乐也同愁。

1 唐景崧（1841-1903），字维卿，自号南注生，广西灌阳人，进士。清朝最后一任台湾巡抚。

2 据陈氏交代稿，引自蒋天枢《编年事辑》，页46。

3 见赵元任、杨步伟《忆寅恪》，载《谈陈寅恪》，页24。

4 根据陈寅恪幼女美延记，引自蒋天枢《编年事辑》，页53。

5 见吴宓《空轩诗话》，载《吴雨僧诗文集》，页438。

6 蓝曼（1850-1941），哈佛大学著名教授，著名梵语学者，美国东方学界权威，"哈佛东方丛书"主编。

7 据哈佛大学档案，1921年2月17日蓝曼致校长罗威尔函云："And just now I have two exceptionally fine fellows, Tschen from Shanghai, and Yung-Tungtang from the Northern-Capital." 从该校1926年校友名录中所查拼音"Tschen"姓者只有一人，名"Yinkoh"（寅恪），来自中国上海："Tschen, yinkoh（g18-21），27 Rang Rd.Shanghai, China."

8 见毛子水《忆陈寅恪先生》，载《谈陈寅恪》，页19。

9 见蓝文徵回忆，载陈哲三《陈寅恪先生轶事及其著作》《谈陈寅恪》，页95。

10 见蓝文徵《清华大学国学研究院始末》，及《清华大学校史稿》。

11 见蒋天枢《编年事辑》，页75。

12 见汪荣祖《史家陈寅恪传》，页61。

13 见陈流求、陈小彭、陈美延《也同欢乐也同愁——忆父亲陈寅恪母亲唐篔》，页255。

14 见蓝文徵《清华大学国学研究院始末》，及《清华大学校史稿》，页21。

15 见蓝文徵《清华大学国学研究院始末》，及《清华大学校史稿》，页104。

16 见陈流求、陈小彭、陈美延《也同欢乐也同愁——忆父亲陈寅恪母亲唐篔》，页104。

17 见《书信集》，"致蒋天枢函"，1955年6月1日，页276。

18 见陈流求、陈小彭、陈美延《也同欢乐也同愁——忆父亲陈寅恪母亲唐篔》，页153。

19 见陈流求、陈小彭、陈美延《也同欢乐也同愁——忆父亲陈寅恪母亲唐篔》，页153。

20 见《五十六岁生日三绝》，载《寅恪先生诗存》，页18。

21 新集苏东坡诗歌。

22 见《石泉访谈录》。

23 见汪荣祖《史家陈寅恪传》，页155。

24 见汪荣祖《史家陈寅恪传》，页155。

25 见余英时《陈寅恪晚年心境新证》。

胡

适·江冬秀

此恨不关
风与月

图左立冬秀，朴素真吾妇。

轩车何来迟，遂令此意负。

归来会有期，与君老畦亩。

筑室杨林桥，背山开户牖。

辟园可十丈，种菜亦种韭。

我当授君读，君为我具酒。

何须赵女瑟，勿用秦人缶。

此中有真趣，可以寿吾母。

◇胡适

1917年，夏，安徽绩溪。

这一天，江村的某户人家摆下丰盛筵席，接待他们家从美国回来的女婿。他叫胡适，绩溪上庄人，七年前赴美留学，现在学成归来，前来议定婚期。

席散后，胡适希望能见一眼自己的未婚妻。之前，他们交换过照片，也通过几次信，但并没有见过面。

江冬秀的哥哥江耘圃陪同他去了冬秀的闺房。近门处，胡适留在门外等候，江耘圃进去通知自己的妹妹出来。

冬秀不肯出来。虽然已是民国年间，外间女子已可入校念书，与男子一同工作，可绩溪乡下依然闭塞封建，与清末并无二致。未婚女子总是再三扭捏，不肯和男子多说一句话，仿佛这样才符合贞洁的标准，更别提见自己的未婚夫了。

七姑婆也进去劝冬秀，这时，楼上楼下已经挤满了人，大家都很好奇冬秀见洋博士姑爷时的情景。过了一会儿，姑婆出来，召胡适入房。

胡适走了进去，冬秀却躲在床上，垂下密密的帐子，死活不肯下来。冬秀的姑婆过意不去，伸出手去强拉帐子，可胡适摇手制止了她，缓缓退了出来。

胡适与她订婚十余载，又特意前来，却吃了"闭门羹"，换了任何人都会心里不痛快。可他并没有生气，临行前还留了一封信给她，他不仅体谅"家乡风俗如此，非姊之过，决不怪姊也"，还在信中写明"然冬季决意归来，婚期不在十一月底，即在十二月初也"。他的信温文尔雅，尽显良好教养。

胡适和江冬秀的姻缘始于十三年前。1904年的春天，胡适随母亲冯顺弟回娘家，江冬秀的母亲吕氏也正好在冯家做客，一眼便看上了眉清目秀又聪明伶俐的胡适，便托了媒人向胡母提亲。

那年胡适才刚刚十三岁，可是，绩溪乡间流行早定亲的旧俗，十来岁的男女孩子便已有人来说亲，来胡家说亲的除了江冬秀，还有好几家。起初，胡母并不属意江冬秀，一来因为江冬秀比胡适大一岁，二来因为江冬秀属虎，胡适属兔，胡母担心冬秀"八字"硬，会克夫。

但江冬秀却是所有待选人中条件最好的一位。江家是旌德县巨族，冬秀的母亲吕氏也出身书香门第，吕氏的祖父吕朝瑞曾中过探花，父亲吕佩芳也是进士，而胡家只是普通的读书官宦人家。胡适的父亲胡传虽任过台湾省台东直隶州知府，却英年早逝，胡家从此家道中落。相较之下，江家的门第自是比胡家高出许多，若与江家结亲，那是一种"高攀"，是天大的好事。

胡母犹豫再三，决定请算命瞎子来测算"合婚"。算命瞎子却说江冬秀的八字与胡适并不犯冲，胡母仍不放心，又把江冬秀的八字和其他几个女孩子的八字写在红纸上，用竹升装好，恭恭敬敬地放在观音娘娘的神像座前。过了些日子，家中无事，胡母便洗手焚香，在观音娘娘面前行礼祷告，然后谨慎地取下竹升，用一双竹筷取出一个八字来。打开一看，正好是江冬秀的。就在这神的指示下，胡母定下了这门亲。

订婚后不久，胡适便告别母亲，随三哥去上海求学。胡适的父亲死时留有遗嘱，道"穈儿天资颇聪明，应该令其读书"，于是，胡适的母亲便笃定要履行丈夫的遗愿，虽然家道中落，却每年给教书师傅十二块银圆的教资，多出当地学生六倍。胡母是大字不识的农村妇女，只知"夫大过天"，对胡适的教育，她竭尽全力。

胡适也不负母亲的厚望，在乡间私塾时，成绩就十分突出，到了上海这座大都市，也丝毫不逊色于同龄人。在上海六年，他先后就读于四间学校——梅溪学堂、澄衷学堂、中国公学和中国新公学，在每一所学校他皆是佼佼者，在中国公学，他还获得了"少年诗人"的美称。

上海打开了他世界里的另一扇窗，"彻底相信中国之外，还有很高等的民族，很高等的文化"，随着年龄和阅历的增长，接受新文化熏陶的他对自己的包办婚姻不满起来。

他的未婚妻江冬秀接受的是最传统的封建教育——裹小脚，大门不出，二门不迈，又秉承"女子无才便是德"的古训，除了读过几本《女诫》《女训》《列女传》之类的书，不识几个字，连书信也写不了。

于是胡适多次在家书中，请两家大人"令儿妇读书"。胡母和江家对他的意思心知肚明，"妇姑，岳婿，母子之间多了一层意见"，江家担心胡适变心，胡母也担心儿子失信江家，双方都催促胡适早日完婚。

1908年秋，江家办好嫁妆，胡母也布置好新房，还专门请算命瞎子择了黄道吉日，只等胡适回乡便举行婚礼。

胡适接到母亲的信，极为无奈。那时，他十七岁，正是憧憬爱情的年纪，谁不盼着自己的妻子是美貌多才的女子？

但他不能违抗母命。对守寡的母亲，他一直抱有十分的敬意，母亲含辛茹苦养育他成人，他也不愿伤母亲的心。于是，他只能采取一个"拖"字，在给母亲的信中写："此事今年万万不可行。"

在信中，他借大骂那算命的"瞎畜生拣此日子"，列举了六条不可行的理由，并劝自己的母亲："何必因此极可杀、极可烹，鸡狗不如之愚人蠢虫瞎子之一言，而以极不愿意，极办不到之事，强迫大人所生所爱之儿子？"

同时，他也向母亲承诺："男此次辞婚，并非故意忤逆，实在男断不敢不娶妻，以慰大人之期望。即儿将来得有机会可以出洋，亦断不敢背吾母私出外洋，不来归娶……若大人因儿此举而伤心致疾，或积郁成病，则儿万死不足以蔽其辜矣。大人须知儿万不敢忘吾母也。"

他既这样强烈反对马上成婚，又立下日后归娶的承诺，胡母和江家也只得默许，将这段婚事延后不提。

不久，胡适便卷入中国公学风潮之中。作为"反对公学最力之人"，他从中国公学退学，转入了中国新公学，一面读书，一面兼任英语教员。然而，新公学经费不足，苦苦支撑一年之后便解散了。

他"少年的理想主义深受打击"，揣着两三百元欠薪，漂泊在上海。他害怕面对母亲失望的目光，"前途茫茫，毫无把握，哪敢回家去"，更何况，此时胡家的家境也急转直下，兄弟分家，产业悉数抵债，"败坏到不可收拾的地步"，他必须寻一份工作养家糊口。

有人推荐他去华童公学做了老师，但那里内部教员互相倾轧，学生素质又良莠不齐，他做得并不开心。

种种烦闷之下，他跟着一帮朋友堕落了，"从打牌到喝酒，从喝酒到叫局，从叫局到吃花酒，不到两个月，我都学会了""我那几个月之中真是在昏天黑地胡混，有时候，整天地打牌；有时候，连日大醉。"

好在他没有一直堕落下去。有一天，他因醉酒斗殴被巡捕房拘禁，被放回来时，看着镜中满身泥污的自己，他突然醒悟过来，"觉得对不住我的慈母——我那在家乡时时刻刻挂念着我、期望着我的慈母！我虽没有掉一滴眼泪，但是我已经经过了一次精神上的大转机。"

于是，胡适断然辞去了华童公学的职务，告别了那帮酒肉朋友，开始闭门潜心读书。1910年的七月间，他成功考取了第二批"留美赔偿官费"，被选送赴美留学。

这是胡适生命中的一个重大转折点，他从绩溪来到上海，又走向了另一片广阔天地。

他就读于康奈尔大学，一待七年。美国式的生活方式对他冲击巨大，自由、民主以及美国人所持有的一种"出自天真的乐观和朝气"，深深感染了他。他自述"不能避免这种对于人生持有喜气的眼光的传染"，成了一个"不可救药的乐观主义者"。

　　但是，他与当时大部分留学生不一样，他并非全盘西化，觉得"外国的月亮比中国圆"。比如他就很反感西方的自由恋爱，认为西方女子"以求耦为事"，需以各种手段与男子周旋，"其能取悦于男子，或能以术驱男子入其彀中者，乃先得耦，其木强朴讷，或不甘自辱以媚人者，乃终其身不字为老女。"

　　他虽不满自己的包办婚姻，但毕竟生长于皖南，十三岁前接受的都是最传统的教育，儒家的理念在他心中早已深深扎根。

　　以东方传统的观点来看西方男女交际，自然会觉得"堕女子之人格，驱之使其自献其身以钓取男子之欢心者，西方婚制自由之罪也"。他甚至觉得中国的婚姻制度更好，可以使"女子无须以婚姻之故，自献身于社会交际之中，仆仆焉自求其耦，所以重女子之人格也"。

　　这时的胡适既抱这样的婚姻观，对他与江冬秀的婚姻的态度也平和了许多。家中母亲来信，他走后，江冬秀常来胡家走动，有时还会住上几个月。他知道江家家境极好，冬秀在家中有用人照顾，不需自己动手做事，但冬秀来胡家时，却替胡母分担家务。这使得事母至孝的胡适在"名分"之外更生出一种"特殊的柔情"来。

　　1911年5月，他给冬秀写了一封信，除了感谢她"时来吾家，为吾母分任家事"之外，也鼓励她多读书，"如来吾家时，可取聪侄所读之书温习一二。如有不能明白之处，即令侄辈为一讲解，虽不能有大益，然终胜于不读书，坐令荒疏也。"

寄出这封信之后，胡适迟迟未收到冬秀的回应。在闭塞封建的皖南，未婚的少年男女见一面尚且为难，更别提书信了。冬秀生长其中，被规矩束缚在所难免。

他只得又写信去，同母亲说："冬秀能作，则数行亦可，数字亦可，虽不能佳，亦复何妨。以今日新礼俗论之，冬秀作书寄我，亦不为越礼，何必避嫌。"

如此，等待了一年半之后，他才收到了冬秀的第一封回信。以后联系渐渐多了，他的信抬头写"冬（端）秀贤姊如见"，一字一句，写得温文尔雅。他还寄了一幅他自己的小照给她，江冬秀收到他的照片欣喜异常，也专程去照相馆摄了一帧自己的小相，托胡母寄他。

他得到她的照片，又特意回了一封信给她，"如晤对一室，欢喜感谢之至"，并重申了婚约，允诺一年半后归国完婚。

得到胡适的允诺，江冬秀回信的语气顿时便不一样了，改称他为"适之郎君爱照"，落款自称"待字妇江冬秀"，并说"今君负笈远游，秀私喜不暇，宁以儿女柔情绊云霄壮志耶？"，尽显体贴温柔。

她自己不能写信，都是请人代写草稿，然后自己誊抄寄出的。对她缺乏文化一事，他一直很遗憾，在信中总是一再要求她"读书"，说"今世妇女能多读书识字，有许多利益，不可不图也""识字不在多，在能知字义；读书不在多，在能知书中之意而已"。

除不通文墨之外，胡适还介意她的小脚，在信中循循善诱她"放足"，说"缠足乃是吾国最惨酷不仁之风俗""当速放（足），勿畏人言。胡适之妇，不当畏旁人之言也""骨节包惯，本不易复天足原形，可时时行走，以舒血脉，骨节亦可渐次复原了"。她依照他的意思做了，虽然她的脚已经难以恢复原貌，但他"闻之甚喜"。

在放足这件事上，江冬秀第一次没有为封建规矩所缚，恭谨地遵照了他的意思，尽显中国传统女子对丈夫的柔婉顺从。

因为她的温顺，他为自己找到了宽解的理由，觉得"择妇之道，除智识外，尚有多数问题，如身体之健康，容貌之不陋和，性行之不乖戾，皆不可不注意，未可独重智识一方面也"。更何况，即使在自由恋爱的美国，他亲眼所见的家庭中，"真能夫妇智识相匹者，虽大学名教师中亦不多得"，江冬秀既然性情和顺，又颇得胡母的喜欢，那么，他觉得自己也不必再以"智识平等"作为求偶之准则。

他开始释怀，在她与胡母的合影后题诗——

图左立冬秀，朴素真吾妇。

轩车何来迟，遂令此意负。

归来会有期，与君老畦亩。

筑室杨林桥，背山开户牖。

辟园可十丈，种菜亦种韭。

我当授君读，君为我具酒。

何须赵女瑟，勿用秦人缶。

此中有真趣，可以寿吾母。

在诗中，他对冬秀不再排斥，幻想了一幅婚后生活的美好图景。他想象江冬秀将与他同归田园，他读诗作文，她红袖添香，两个人白头偕老。

在胡适和江冬秀的关系上，胡母一直起着决定性的作用。

曾经，在康奈尔大学，胡适对一个叫韦莲司的西方女子有过好感，她是康奈尔大学地质学系教授的女儿，也是一位才华横溢的画家。两年间，他给她写过一百多封信，她的回信也不下此数，两人曾结伴出游，也曾共处一室。然而，他们的关系终究是"发乎情，止乎礼"，没有再进一步。

究其原因，固然有韦女士的母亲反对女儿嫁给华人，但更主要的原因来自胡适这方。韦莲司是独立自主的西方女性，特立独行，个性极强，也因为这种"强势"，她与母亲的关系不佳。然而，胡适的态度却是，"吾于家庭之事，则从东方人，于社会国家政治之见解，则从西方人。"他还对韦莲司说："在我的家庭关系上，我一向站在东方这一面，这大半是由于我有一个非常好非常好的母亲，她对于我的恩无所不至，我长期离开她，已使我心上十分沉重，我绝不能硬心肠对她。"

胡适心里明白，如果真娶了韦莲司，东西的文化差异那么大，韦莲司和胡母必会有矛盾。以韦莲司的强势，让她容忍迁就胡母几乎是不可能的。

同时，胡母对韦莲司也已表示出明确反对。她托人写信给白特生夫人，婉转地请白夫人告诉韦莲司，胡适已有未婚妻，按"中国风俗，一经订婚即不能解除婚约"等语。

双方家长的反对，再加上胡适自己的犹豫，这段恋情最后不了了之。

另一位与他关系亲密的名叫陈衡哲的女友，英文名"莎菲"，是出名的才女，也是中国文学史上最早用白话写作的女作家之一。胡适担任《留美学生季报》的编辑时，与陈衡哲常有书信往来。有一段时间，他们的通信几乎每三天一封，"论诗论文"，他对她有一种"很深的和纯洁的敬爱"。但是，当他得知最好的朋友任叔永在追求她时，传统的道德伦理观念最终还是桎梏了他的脚步，让他这个"早已有了婚约的人"将爱慕深深锁在了心底。

1917年，胡适回国，接受了蔡元培先生的聘请，入北京大学担任教授。

与他同年入北大的，还有陈独秀、李大钊、鲁迅、刘文典、沈尹默、钱玄同，他们共同形成了以陈独秀和胡适为先锋的新文化团体，以《新青年》为阵地，展开了轰轰烈烈的新文化运动。

他们撰写大量文章，批判封建主义，提倡自由婚姻，呼吁男女平等和妇女解放。作为新文化运动的先行者，他们之中的大部分人都极力反抗强加于己的包办婚姻，鲁迅与原配朱安分居，陈独秀不满他的高氏夫人，竟以流连欢场抗争……可是，"首举义旗的急先锋"胡适，这次却站在了相反的一边。

他宣扬女子"自立"，却也批评道："近来的留学生，吸了一点文明空气，回国后第一件事便是离婚，却不想想自己的文明空气是机会送来的，是多少金钱买来的，他的妻子要是有了这种好机会，也会吸点文明空气，不至于受他的奚落了。"

在新旧文化交替的时代，他从始至终都是一个中正平和的人，他的态度不是革命的，而是改良的，这与他的母亲有关。胡母是一个和气的女子，深具中国传统女性宽厚忍让的美德，她待人接物的方式深深影响了胡适，使得他对任何事情也始终抱着温和的态度。

这年，胡适已经二十七岁，而江冬秀长他一岁，已经二十八了，从订婚到如今已经过了整整十四年。在皖南乡间，冬秀已经是不折不扣的老姑娘，在绩溪，男方退婚，对女子而言是奇耻大辱，如果胡适退婚，老姑娘江冬秀也休想再嫁别人了。

而且，胡母也不容他悔婚，她是认可这个媳妇的。冬秀并无过错，无缘无故不守信诺，善良的胡母觉得"这对不住人"。

更何况，他自己也狠不下心。前一年，江冬秀的母亲病故了，据说临死时"犹以婚嫁未了为遗憾"，他一想到这个就愧疚。冬秀已经苦苦等了他十余年，又有丧母之痛，他不能再退婚，将她推到"万劫不复的深渊"里去。

1917年12月，胡适如约从北平回来，与江冬秀成婚。

那天，胡家挤满了宾客，人人都来参观他们的新式婚礼，他虽不能改变包办婚姻的现状，却可以改革婚礼的形式，变成一场文明婚礼。

胡适穿着黑呢西服，戴黑呢礼帽，穿黑皮鞋，冬秀穿着花缎棉袄和裙子，以鞠躬代替了叩头，并在结婚证书上盖章。

鞭炮点燃了，那还是胡母七年前购置的，不过那年，他没有回来结婚，从上海去了美国。隔了七年光阴，这爆竹声却依旧响亮，燃出一片喜气洋洋。

他在《新婚杂诗》里写——

记得那年，你家办了嫁妆，我家备好新房，只
不曾捉到我这个新郎！

这十年，换了几朝帝王，看了多少兴亡。

锈了你嫁奁中的刀剪，改了你多少嫁衣新样，

更老了你和我人儿一双！

只有那十年陈的爆竹，越陈偏越响！

婚后不久，胡适回了北大，又过了四个月，冬秀亦从
绩溪来到北京，与他同住。往后数十年，"胡适大名垂宇宙，
小脚太太亦随之"，两人始终不曾分开。

就在这一年的十一月，胡母去世了，年仅四十六岁。

这个二十三岁起便守寡的乡间女子，守着丈夫的一点
骨血，独自度过了二十多年艰难的时光。她竭尽所能给了儿
子最好的教育，在靠抵当首饰过年的日子里，她还借贷八十
银圆，为儿子买下一部《图书集成》。她也竭力在她所处的
世界里，为儿子择了一位她认为最好的媳妇，等到他们结婚，
她也熬到油尽灯枯。

没有人能狠下心来伤害这样一位母亲，胡适也做不
到。尽管那媳妇不是他想要的，可是为了母亲，他愿意迁就，
"极力表示闺房之爱，正欲令吾母欢喜耳。"

不过，胡母想给儿子选择的，究竟是一个柔和宽顺的传
统皖南女子，还是她熟知儿子温和的个性，想为他择一个精

明强干的妻子？不得而知。

婚后，江冬秀婚前听从胡适意见"放足"的柔顺全然不见，真实的她是另外一个样子——脾气大，处世精明，事事不退让。胡适很快便发现了，他的妻子，与自己那宽忍的母亲大不一样。

婚后江冬秀总揽了全部家政，规定家中所有钱财都由她掌握，胡适的薪水、出书的版税都必须一分不落地交给她，一应开支也需她点头同意。家务她从来不沾手，家中请了三位用人，一个男佣做饭兼外勤，一个女佣带孩子，另一个洗衣兼内务，她闲来无事，以打麻将来消磨时光。

新婚之初，江冬秀还跟着胡适读读书、写写字，学习白话文。但很快，她便失去了读书作文的兴趣，"嗜牌如命"的她哪还顾得上读书，大好光阴皆消磨在了牌桌上。

她自己不爱书，便也无法理解他爱书，她指着家中的藏书对朋友抱怨："适之造的房子，给活人住的地方少，给死人住的地方多。这些书，都是死人遗留下来的东西。"胡适曾作过一首诗《我们的双生日——赠冬秀》来描述他和冬秀的争执：

> 她干涉我病里看书，
> 常说："你又不要命了！"
> 我也恼她干涉我，

常说："你闹，我更要病了！"
我们常常这样吵嘴，
每回吵过也就好了。
今天是我们的双生日，
我们订约，今天不许吵了。

我可忍不住要作一首生日诗，
她喊道："哼，又作什么诗了！"
要不是我抢得快，
这首诗早被她撕了。

诗中，他俨然以自嘲的口气，描述了他和江冬秀的婚后生活。婚前他那种"我当授君读，君为我具酒"的美丽幻想已全然破灭，她不是"添香"的"红袖"，只是乡间的世俗女子，她的所思所想和他全然不同，他们虽然生活在一处，却如同两个世界的人。

他们吵架的时候很多，不止为书，还为钱。他们绝对不属于"贫贱夫妻百事哀"的类型，胡适版税加上工资，收入完全可算上等，他们不仅住着有花园亭榭的大房子，有私家车，还雇了许多用人。但据在胡适家中帮办文书工作的章希吕回忆，有一次，为了亚东图书馆拖欠胡适版税一事，江冬秀夜里和胡适大吵。章希吕道："适兄脾气诚好，适嫂似不能体谅他。"章希吕在胡适家中住了将近两年，得出的结论是："觉得他们夫妇性情绝对不同，适兄从来不肯得罪人，总是让人家满意，适嫂是一个说得出做得出的女人，不怕人家难为情的。"

除此之外，她还介入他和友人的"交往"。徐志摩和陆小曼结婚的时候，她拦着胡适不许去，"当了慰慈、孟禄的面给我不好过？你当着他们的面说，我要做这个媒，到了结婚的台上，你拖都要把我拖下来。"蒋梦麟离婚娶陶曾谷的时候，她把他锁在房里，死活不让他出门，他只得翻窗"潜逃"。梁宗岱与沉樱结婚时，她更是出面支持梁宗岱的原配何氏，把梁宗岱告上了法庭，直接导致梁宗岱与胡适闹翻。

她之所以态度这么强硬，全因她自己也是原配，所以"鄙视"那些与原配离婚后再娶他人的男人。凡是他的朋友中有这类"抛弃糟糠"的"不道德之事"发生，她总恨不得他与这些朋友断了来往才好，她潜意识里，大约害怕他也会学样。

他很"怕"她，处处让着她，也得了个惧内的名声，他自嘲道："女人既有'三从四德'，男人也应该讲'三从四得'。三从——太太出门要跟从，太太命令要服从，太太说错了要盲从。四得——太太化妆要等得，太太生日要记得，太太打骂要忍得，太太花钱要舍得。"

胡适和江冬秀的婚后生活竟是这样的，这大约也是当初执意订下这门婚事的胡母始料不及的。然而，他并没有离婚。

　　不是没有机会，那时的他是文坛大师，有了许多倾慕者，而且胡母也已经去世了，家长的反对已不再存在。但是，他和江冬秀却终是白头偕老，究其原因，恐怕"为名声计"是一个重要因素。

　　他虽委屈了自己的心意，却得到了意外的好处。在新旧文化尖锐冲突的"五四"时期，他虽是新文化的干将，却因履行旧式婚约，得到了旧派人物的赞扬。特别是许多抱传统观念的"道学先生"，都觉得他做了一件"最可佩服的事"，他的事业也因此少了许多阻力，得以扶摇直上。

　　反观陈独秀，虽与他同为新文化运动的领头人，却因对婚姻不满，以北大文科学长之尊，放纵自己的私生活，引起一干正派文人的不满，被迫离开北大。

　　他既因这桩婚姻而得了"君子"的好名声，自然舍不得因为离婚而让自己的名誉沾上污点。更何况，中国历来就是一个道德评判凌驾一切之上的国家，他不能授人口柄，步陈独秀的后尘，影响自己如日中天的事业。

　　而且，江冬秀也有她的好。

　　她虽精明，却并不吝啬。他们家中经常高朋满座，她每每亲自下厨，准备丰盛宴席飨客，做得一手好菜，叫朋友们赞不绝口。

她乐于助人。胡适热心资助朋友，她从来不介意花钱，林语堂出国时便曾受过他两千大洋的资助。在她家帮工的用人，为胡适整理文书的章希吕，都得到优厚的报酬。

她也热心于公益事业，捐资修整了家乡杨桃岭的路面，资助家乡修建图书馆、医院、县志馆和公墓等，这样的事例不胜枚举。

她的所作所为，一定程度上为他赢得了良好的人缘和名声，对他的事业大有裨益。

她还有一点极好的品质——不虚荣。她丝毫没有旧式女子盼着丈夫做大官封妻荫子的想法，反而一再地劝说他不要沾政治，专心走学术的道路。

在这一点上，她非常决绝，这又一次展示出她强硬的个性。听说胡适要回国当中研院院长，她"很不好过"，写信给他道："你千万那（拿）定主意……再不要走错路，把你前半身（生）的苦功，放到冰泡里去了，把你的人格思想毁在这个年头上。"

她是一个没有读过太多书、写信都屡屡出现别字的乡间女子，居然能一眼看穿政治的黑暗，看清官场的腐朽，反复劝说他"不要走错路"，这是极难得的见识。

以胡适的温和性格，曾有数次架不住别人的劝说，要踏入仕途，有一次甚至还差点答应蒋介石竞选总统。可她坚持不肯让他做官，他曾在《胡适致江冬秀》中回忆过此事：

"总劝我不要走到政治的道路上去，这是你帮助我。若不是识大体的女人，一定巴望男人做大官，你跟我二十年，从来不作此想。"也正是因为她的这种强势，他才没有卷入国民党的政治旋涡中，得以独善其身。

1962年，那天胡适正主持中央研究院的招待酒会，心脏病突发，等她赶到，他已经停止了呼吸。他去世于台湾。

她没见上胡适的最后一面，悲恸万分，她哭了数小时，直至昏厥。

江冬秀去世于胡适去世十三年后。这十三年，她在朋友的帮助下，整理和出版了他的遗著，有人说："没有她，胡适纪念馆很难维持，胡适墓园很难维修，胡适手稿也印不出来。"

胡适娶了江冬秀，究竟是幸还是不幸，大部分人都倾向后者。一个小脚的、没文化，又不够温柔上进的乡下妻子，如何配得上大名鼎鼎的胡博士。可是，这样一个妻子，却在动乱的年代，陪胡适平平安安走完了他的一生。

这么多年，他能在政治旋涡中保持清白，在学术之途上成就斐然，拥有令人尊敬的好名声，与江冬秀不无关系。一个妻子，能帮助丈夫做到这些，便已是成功了，能有这样的妻子，是这丈夫的福气。

大节不亏，小事不拘，对江冬秀，胡适一直抱这样的看法。

娶妻娶德，他不苛求智识的匹配，后来的事实证明，他做了一个理智而正确的决定。

胡

适·曹诚英

恨不生逢
未嫁时

一四六～一六一

鱼沉雁断经时久，未悉平安否？

万千心事寄无门，此去若能相见说他听。

朱颜青鬓都消改，惟剩痴情在。

廿年孤苦月华知，一似栖霞楼外数星时。

◇ 曹诚英

1917年，冬，安徽绩溪。

十二月三十日这天，上庄胡家张灯结彩，一场文明婚礼正在一片喜气洋洋中进行。新郎是刚从美国回来的胡适，新娘则是江村的一位名叫江冬秀的女子。

按照皖南旧俗，男方家中需要择选四位未嫁的少女充当新娘的伴娘，胡家也不例外，四位青春姣好的少女始终跟随在新娘的左右。

她们当中，有一位是胡适三嫂的妹妹，名叫曹诚英，小字娟，见着胡适的时候，她微微一笑，叫他"穈哥"（胡适原名嗣穈）。

他随口应了，回她以微笑。

那是她第一次与他相见，她十五岁，他二十七。

她是绩溪旺川人，那里与上庄村仅有一水之隔，家中世代经商并在当地有大量田产，十分富有。然而，在她的童年回忆里，"家"却不是一个温暖的字。

她一出生便不受欢迎。她出生前，家中不巧死了一个哥哥，母亲便盼着能再有个儿子，不想，生下的却是个女儿。于是，母亲很不高兴地将她送给一个乡下的奶娘照管，直到五岁才将她接回来，那时，她的父亲也已经过世了。

母亲将她送入私塾，"读《弟子规》《孝经》《幼学琼林》等书"，一心想把她塑造成一个"喜怒不形于色，四德皆备的名门闺秀"，教养极是严苛。她本来便不在母亲身边长大，对母亲极为生疏，回来后，她"在家中绝无爱抚、温暖、同情，而是经常受威严申斥、冷淡、讽刺"，自然而然便对家生出怨恨来。

她称母亲是"封建魔王的代表"，在回忆中自述："我常常想报复，总想找一个机会和人拼命，我想，反正没人爱惜，不如拼着死了以图一快。记得我曾经有两次这么做了，一次是对母亲（那时我大概六七岁），一次是对嫂嫂，但都未能如愿以偿。因为她惹毛我之后，便丢下我不管……"

一个年幼的孩子，陡然回到陌生的家，既没了父亲，又没有母亲的疼爱，可以想象，在这样的环境中长大的孩子，对情感将会是多么渴求。她的一生之中，必将对温暖无限向往。

在她"终日独自坐在书房里与书本为亲"的日子里，她唯一的温暖来自二哥曹诚克，"哥哥以为我聪明可爱，所以十分娇宠我，成为生平唯一知己"，在她孤寂的成长岁月中，只有这个在外地上学的哥哥回家时，她才得到"片刻的温暖"。

十六岁那年，也就是胡适与江冬秀完婚的第二年，她遵照母命，与指腹为婚的上庄富户公子胡冠英结婚。

据"湖畔诗人"汪静之回忆，他与曹诚英自幼相识，在曹诚英结婚之前，他曾向她表达过自己的倾慕，曹诚英对他也有好感[1]。然而，她还是断然拒绝了汪静之，接受了母亲的安排。

虽然是一场包办婚姻，但她一开始也是有期许的，不然，也不会如此顺从地嫁给一个素昧平生的陌生人。

对于一个从小没有得到过多少家庭温暖的少女，她并不抗拒婚姻，相反，她期待着她的男人带给她一个全新的光明的开始。

可惜，她未能如愿以偿。

她的婆婆不喜欢她，也许是她太过倔强。幼年时，她和母亲闹了别扭，母亲不理她，她便"一个人在地下打滚跌碰""直叫号哭得精疲力竭睡着了"。那时她不过是六七岁的孩子，尚有如此烈性，成年后，又岂肯依照乡间旧俗，做一个处处顺从婆婆的媳妇？

她的婚后生活变得极其不快乐，在最疼爱她的二哥曹诚克的帮助下，1920年春天，她去了杭州的省立女子师范学院上学。

不久，丈夫胡冠英也跟到了杭州，入了杭州第一师范。然而，这对他们的婚姻于事无补，就在这一年，胡母自作主张，以她结婚三年都无法生育为由，为她的丈夫纳了一门小妾。

这件事让她愤怒无比，她知道不能生育只是一个借口，她也抗争过，无果，最后她提出了离婚。

她唯有以决裂维护最后的尊严。

这段婚姻只维系了短短五年。

那一年，她刚满二十一岁。

曹诚英的离婚，在封闭的绩溪乡间引起了轩然大波。她的心情坏到了极点，在词里写道："镇日闭柴扉，不许闲人到，跣足蓬头任自由。"

就在这时，胡适来了杭州。她随众人去看他，大家还一道游了湖。

胡适对她的印象一直不错，虽然从婚礼上匆匆一瞥之后，两人便再没见过面，但他们一直有书信往来，她寄自己的一些小诗给他，请他点评。1921年的时候，他还曾应她之邀，为《安徽旅浙学会报》写了一篇序言。

这一次在西湖边重见，他很惊讶地发现，当年那个十五岁的小丫头已经褪去了少女的青涩，长成了亭亭玉立的曼妙女子。她没有剪女学生们时兴的短发，把一头长发挽成发髻盘于脑后，显出明净的额头，雅静而端庄，"美极了。"

见过她之后，他便作了一首名为《西湖》的诗歌——

　　七年来梦想的西湖，

不能医我的病，

反使我病的更利（厉）害了！

然而西湖毕竟可爱。

轻烟笼着，月光照着，

我的心也跟着湖光微荡了。

前天，伊也未免太绚烂了！

我们只好在船篷阴处偷窥着，

不敢正眼看伊了！

……

听了许多毁谤伊的话而来，

这回来了，只觉得伊更可爱，

因此不舍得匆匆就离别了。

    这首诗明写西湖风景，其实一语双关。

    胡适想必听闻了胡家对她的种种"恶评"，所以他说"听了许多毁谤伊的话而来"，但他很同情她，"这回来了，只觉得伊更可爱。"

    不久后，胡适回了上海，接着便收到了曹诚英的信。

    他立刻回复了她。

    从五月二十四日到六月六日，短短十来天的时间，他们之间便通了五次信。这些信现在已经不可见了，但想来与她的离婚有关。

他会写些什么呢？安慰？开导？还是别的？这些都不得而知。然而，他是她的家乡人，又是知名学者，他的劝慰哪怕只有一句简单的话，也能给予她莫大的安慰。

在曹诚英被流言滋扰的日子里，在她孤立无援的时候，他的肯定成了她唯一的温暖。哪怕再微弱，她也忍不住想靠近他。

当胡适重回杭州，搬到南山烟霞洞养病时，她追随他而来了。

在已经公开的《胡适日记》里，六月九日到九月八日，三个月的日记都缺失了。然而，从九月九日开始的《山中日记》里，频频有了她的名字——

九月十二日

晚上与佩声下棋。

九月十三日

今天晴了，天气非常之好，下午我同佩声出门看桂花，过翁家山，山中桂树盛开，香气迎人。我们过葛洪井，翻山下去，到龙井寺。我们在一个亭子上坐着喝茶，借了一副棋盘棋子，下了一局象棋，讲了一个莫泊桑的故事。到四点半钟，我们仍循原路回来。下山时不曾计算时候，回来时，只需半点钟，就到烟霞洞了。

九月十四日

同佩声到山上陟屺亭内闲坐（烟霞洞有三个亭，陟屺最高，吸江次之，最下为卧狮）。我讲莫泊桑小说《遗产》给她听。上午下午都在此。

九月十六日

与佩声同下山，她去看师竹友梅馆管事曹健之（贵勤）了，我买了点需用的文具等，到西园去等她……

后来佩声来了，说没有见着健之，我们决计住清泰第二旅馆，约健之晚上来谈。

看得出来，他们形影不离。

最值得关注的是他九月十八日的日记，他在其中写——

下午与娟下棋。

夜间月色甚好，（今日阴历初八）在月下坐，甚久。

从这一天起，他不再称呼她为佩声了，开始亲切叫她的小名"娟"。

这段山中岁月，他和她每日携手共游，赏桂、观潮、游花坞，下棋、品茶、赏诗文，极尽风雅之能事。两人过着不食人间烟火的日子，风景秀美的烟霞洞俨然成了他们的桃花源。

胡适给了她那么多安慰，他同情她的遭遇，"可怜她已全然不似当年的风度了"，他为她愤怒，要"拆掉那高墙，砍掉那松树，让不爱花的人莫栽花，不爱树的人莫种树。"[2]他还安慰她，希望"早早休息好了，明年仍赶在百花之前开放罢"。

在曹诚英心力交瘁的日子里，他是她唯一的温暖。

她自小失了父爱，母亲又不喜欢她，成年后在婆家也不得宠爱，这让她对温暖和爱极度渴求。

她无法拒绝他。

她明明知道眼前这位长她十一岁的"糜哥"是一个有妇之夫，是两个孩子的父亲，也明白自己正一步步陷入不道德的关系里，可是，她身不由己。

他是她的火把，就算明知扑上去会身心俱焚，她也依旧似飞蛾一般，扑得义无反顾。

周围的朋友很快知道了他们的关系，汪静之、徐志摩……徐志摩甚至在日记里写："与适之谈，无所不至……适之是转老回童了，可喜。"

唯一不知道的人，只有胡适的妻子江冬秀。

江冬秀知道她在烟霞洞，但没有多想，还给胡适写信说："佩声照应你们，我很放心。不过，她的身体不很好，常到炉子上去做菜，天气太热了，我听了很不安，怕她身子受不了，我望你们另外请一厨子罢。"

江冬秀只是单纯地把曹诚英看作胡适的远房表妹，还关心她的身体，哪里想得到，当年婚礼上那位年轻的伴娘如今正同她的丈夫同居在一起。

他们在烟霞洞待到了十月初，离别时依依不舍，他写——

> 睡醒时，残月在天，正照着我头上，时已三点了。这是在烟霞洞看月的末一次了。下弦的残月，光色本凄惨；何况我这三个月中在月光之下过了我一生最快活的日子！今当离别，月又来照我。自此一别，不知何日再能继续这三个月的烟霞山月的"神仙生活"了！枕上看月徐徐移过屋角去，不禁黯然神伤。

不久后，在胡适回北平前，他们还见过一次面。曹诚英亲自下厨给他和他的朋友做饭，做的是地道的徽菜，"中饭吃'塌果'，夜饭吃'锅'。'锅'有六层，菠菜、鸭子夹、豆腐包、猪肉、鸡、萝卜……她的手艺极佳，菜的味道都好极了，大家都很痛快……"

她还和他的朋友们一起游湖，在湖心亭的月色下，她唱了一支《秋香歌》，嗓音清越，唱得婉曼动人。

曹诚英仿佛是初尝恋爱滋味的小女子，只要他在，便欢喜无限，忘了今夕何夕。不过，胡适可没有忘，他始终记得自己的身份，每隔几天，都会给妻子江冬秀写信。

及至他回到北平，江冬秀显然还蒙在鼓里。十二月，他去西山秘魔崖养病，江冬秀上山看他，还替他带过曹诚英的信。

随后的一年，胡适又去了杭州三次，在旅馆里开了套房，自己住外间，她住里间，有客人来，她就躲到里间去。有时他去上海，也会告知她，让她赶去。"这些事都是曹佩声亲口告诉我的。"汪静之在回忆中曾这样说。

每一次，她都欣然赴约。

他们的恋情都公开到了这样的程度，书信又往来不绝，作为妻子，江冬秀就算再不敏感，也会有所察觉。

于是，曹诚英给胡适写信的时候，封面改用英文写，并委托自己在南开大学任教的二哥曹诚克从天津转寄，以避江冬秀耳目。

在信中，她写道："……我们在这假期中通信，很要留心！你看是吗？不过我知道你是最谨慎而且很会写信的，大概不会有什么要紧……你有信可直寄旺川。我们现在写信都不具名，这更好了。我想人要拆，就不知是你写的。我写信给你呢？或由我哥转，或直寄往信箱。要是直寄信箱，我想你我的名字不写，那末人家也不知谁写的了。你看对吗？"

曹诚英竟主动提出"匿名信"的办法遮掩他们的关系。她因为丈夫娶妾而愤然离婚，为了他，居然肯低下骄傲的头，甘心做胡适不见光的情人。

信的末尾，她放纵自己喊道："……糜哥！在这里让我喊一声亲爱的，以后我将规矩地说话了。糜哥！我爱你，刻骨地爱你。我回家去之后，仍像现在一样爱你，请你放心……祝我爱的安乐！"

为了这段曾经带给她一点温暖的感情，她奋不顾身。

从杭州女师毕业后，曹诚英考入南京中央大学农学院。

他们的关系继续维系着，他途经南京总会去看望她。

她的怀孕是一个意外。[3]

胡适不得不向妻子江冬秀摊牌。江冬秀的反应激烈得出乎寻常，从厨房拿出菜刀，狠绝道："你要离婚可以，我先把两个儿子杀掉！我同你生的儿子不要了！"

这场"战争"的结果是，江冬秀赢了，而曹诚英，堕了那个孩子。

曹诚英和汪静之说："胡适害怕冬秀，不敢离婚了。"这句"不敢"，大概是胡适告诉她的，她因此信之不疑。

她那样天真，相信胡适不离婚是因为妻子太过泼辣。而事实上，若是他真心想离，江冬秀就算再泼辣十分，又有什么用，只会徒增他的厌恶，坚定他离婚的决心。

他没有离婚，不是"不敢"，只是"不想"。

她只知他有赫赫大名，又哪里想过，他的好名声很大一部分是源自他与江冬秀的婚姻。

当初，胡适履行旧式婚约，娶了江冬秀这样一位没有文化的"小脚"太太，不知博得了多少赞誉。而现在，他若抛妻弃子，他的清白名声又将遭受多么恶劣的影响。

胡适想得很明白，不能放任一段婚外情毁了他如日中天的事业。

于是，他果断地放弃了曹诚英。

在事业和所谓的"爱情"面前，男人的选择常常是理智而现实的。

她没有说什么，只是沉默地打点行装，只身赴美留学。

曹诚英二十一岁的时候跟了胡适，到这时，已经整整十年。

一个女子最美的年华，她都给了他。

她入读康奈尔大学，修农学。

学成归国后，在她三十七岁那年，曾经有一位曾姓男子向她求婚。曾家的亲戚打听她的情况，问到了江冬秀那里。

江冬秀说了什么，可想而知。在江冬秀眼里，她就是一个插足别人家庭的"第三者"，对一个和自己抢丈夫的"情敌"，换了天下任何一个女人，只怕也说不出什么好话来。

那男子接到亲戚的信，立刻变了卦。

所谓的"爱情"稀薄如此，曹诚英心灰意冷，自此立誓不嫁。

那时，胡适已在大洋彼岸任驻美大使，七夕那天，收到她的信：

> 孤啼孤啼，倩君西去，为我殷勤传意。道她未病呻吟，没半点生存活计。
>
> 忘名忘利，弃家弃职，来到峨眉佛地。慈悲菩萨有心留，却又被恩情牵系。

除此，她什么也没写，没有落款，没有地址，唯有邮戳上印着："西川，万年寺，新开寺。"

她已在峨眉出家为尼。

胡适没有回信。

后来，他听说她听了二哥曹诚克的劝，下了山，但她病得厉害，肺病已达三期，"令人闻之惊骇。"

曹诚英的好友吴健雄写信来："……伊每来信，辄提及三年来未见先生只字，虽未必如此，然伊渴望先生之安慰告知。"

胡适于是写了一封信，托吴健雄带给她，并随信附上三百美金。

不久，吴健雄写信告诉他："她晓得我带了你的信来以后，已快活地忘却一切烦恼，而不再作出家之想了，可见你魔力之大，可以立刻转变她的人生观，我们这些做朋友的实在不够资格安慰她。"

他没有再回。

被这所谓的"恩情"牵系的只有她一人而已，而他，早已决定抛下。

胡适没有再见过曹诚英。

唯一的一次见面是在1949年，也是最后一面。

她知道他要去台湾，恳切地央求着他："哥，你不要再跟蒋介石走下去了。"

她是为他好。

但他只是淡淡地笑了笑。

其实，他已接受了蒋介石的任命，对江冬秀和两个儿子也早已做了妥善安排。

不过，他什么也没有和她说。

回家的路上，她泪流满面。

新中国成立后，曹诚英服从高校院系调整，从复旦调去了沈阳农学院。

她待学生极好，有个叫吴万和的学生动手术，她去看望他，给他留下纸条："……你在病中定会想念母亲。你有什么要母亲做的事，就让我来给你做吧……"

若是当年她的那个孩子能保全，她会是一个好母亲。

"文革"的时候，造反派揪出了她与胡适的恋情，勒令她交代"反革命事迹"。她挂着拐杖，站在他们面前，从清早站到晚上，一遍遍听着辱骂。

因为与胡适这个"大反动派"有关系，她任教的高校没有人敢理她。1968年，六十六岁的曹诚英独自回了绩溪老家。

许多年前，刚刚二十出头的她跟他走到了一起。

她给了他最美好的年华，可他又留给她什么？除了一个恶劣的名声，一副羸弱的身体。

曹诚英死于1973年，没有孩子，没有亲人，一生积蓄都捐给了故乡修路铺桥。

她老的时候，对一个对她缠小脚感到好奇的孩子说："我们乡下不缠小脚的女人是嫁不出去的。"她顿了顿，又道，"不过你看我缠了小脚还是嫁不出去。"

她说这句话的时候，神情淡漠。

遵她遗嘱，她被安葬在旺川通往上庄的路旁。

那条路，是回上庄的唯一道路，他若是有朝一日回乡，必会经过这里，与她相见。

不过，曹诚英也许等不到了，早在十一年前，胡适已病逝于台北。

查她的资料，会知道，她是中国农学界第一位女教授。

1　见赵朕，王一心《文化人的人情脉络》，团结出版社。

2　见《怨歌》。

3　据胡适的外甥程法德致胡适研究专家沈卫威的信中说："家父知此事甚详，他曾告诉我，1923年春，胡适去杭州烟霞洞养病，曹诚英随待在侧，发生关系。胡适当时是想同冬秀离异后同她结婚，因冬秀以母子同亡威胁而作罢。结果诚英堕胎后由胡适保送到美国留学，一场风波平息（堕胎一事胡适仅告家父一人）。"

汪曾祺·施松卿

梨花瓣
是月亮做的

一六二～一七七

都说梨花像雪，其实苹果花才像雪。雪是厚重的，不是透明的。梨花像什么呢？——梨花的花瓣是月亮做的。

◇汪曾祺

1940年，9月，阳宗海滨。

西南联大的学生们正在沙滩上办着舞会。入夜了，沙滩上还留着一点夕阳落尽后的余热，月亮升起来了，深沉的海面上满是银色的光，仿佛谁随手撒下了一把星星，一点一点，闪烁晶莹。

年轻的学生们有大半是赤着脚的，海水一浪接着一浪，轻轻涌上又退下，沙混着水湿湿的，踩在脚底有痒痒的触感。他们忍不住笑起来，十分欢悦。

他们跳的是圆舞和方舞，男生们手挽着手组成一个圆圈或方阵站在外面，女生们也这样组成圆圈或方阵，但她们站在里面。有人起了一个头，大家便齐声唱起歌来，一边唱还一边踩着节拍跳舞，都是些最简单的动作——前进、后退、弯腰、屈膝，可他们跳起来格外好看，这些中国最好学府的学子们有着独属于那个年纪的青春飞扬。

女生中有个娇小的少女格外引人注目，她穿一件阴丹士林旗袍，眉目淡雅，肌肤素洁。虽然同旁人跳着一样的舞步，可那种弱柳扶风、娇花点水的姿态，在月光下显得格外楚楚动人。

这少女名叫施松卿，就读于联大的外文系，她祖籍是福建长乐，和家人一直居住在马来西亚。

她的父亲施成灿是一名医生，热衷于社会公益事业，是著名的侨领。由于家境殷实，她虽是女孩子，却也受到了完整而良好的教育。她在当地上了小学，接着又在新加坡南洋女中和福州毓英女子初级中学读了初中。毕业后，她在福州华南女子文理学院附中和香港圣保罗女子学院读完了高中。她的学习成绩从小就很好，中学时还获得了香港国文比赛第一名。

1939年，二十一岁的施松卿来到了昆明，考入了西南联大物理系，她的同班同学里有后来获得了诺贝尔物理学奖的杨振宁。就在准备开始新生活的时候，她突然病倒了，诊断的结果是肺结核。她无法再跟上物理系的进度，于是，一年后转学去了生物系，她想继承父亲的事业，向医学方向发展。

然而，念生物不比念物理轻松多少，在繁重的课业压力之下，她的肺病越发严重了。无奈之下，她只能休学一年，去了香港养病。谁知，她刚到香港不久，日军便发动了太平洋战争，香港沦陷了，她只能拖着病体，辗转回到学校，重新入学。

这一次，她换到了西语系。三年间，她换了三次专业，这在今天的大学里是无法想象的，幸好，这是在西南联大。那时的联大气氛宽松而自由，学生可以根据自己的情况转专业。事实也证明，她并没有辜负学校的宽容。她是有天赋的，再加上从小在马来西亚打下的英语底子，后来，她成了新华社对外部特稿组高级记者。

因为长年的肺病，施松卿很是纤瘦，再加上她淡眉秀目，有天生的雅致容颜，一颦一笑间自有一种怯弱不胜情的姿态，叫人忍不住心生怜惜。于是，她便有了个外号叫"林黛玉"。先是外文系的同学叫，后来传开了，连外系的人也都知道了，慕名前来看她。

追求她的人很多，光是外文系便有两个，一个叫赵全章，一个叫袁可嘉，两人都是外文系极优秀的男生。赵全章中英文俱佳，能用中文写一手漂亮的散文，在1941年给陈纳德的美国志愿空军做英文翻译官的时候，仅他一人被破格提为上尉。而袁可嘉也颇有才华，他写过一首《沉钟》："让我沉默于时空，如古寺锈绿的洪钟，负驮三千载沉重，听窗外风雨匆匆。"文辞典雅，意境优美，闻名一时。后来，他成了研究西方现代派文学的专家。可是，施松卿把他们都拒了。

1945年夏天，施松卿毕业了。那时，太平洋战争正打得如火如荼，日军占领了马来西亚，四处捕杀爱国侨领。她的父亲之前与当地群众关系融洽，所以没有被人告发，庆幸避过了一劫，然而家中的境况却是大不如前了。毕业后，她没有回家，留在了昆明。她去了建设中学，当了一名教师。

建设中学位于昆明郊区，是一所私立学校，由联大校友创办，雇员也都是联大的同学。在这里，施松卿遇到了中文系的汪曾祺。

她其实知道他，因为他是中文系有名的才子，是教文学创作的沈从文先生最得意的门生，她在报刊上读过他的文章。

她很喜欢他的文章，每次看到，她总会无端想起父亲收藏的那幅仕女图。画中女子不过是淡淡的水墨勾勒而出，全然不着一色，却比那些西洋画上浓墨重彩的女人要美得更多。

汪曾祺的文章就是这样，不卖弄生僻的字，也不堆砌华丽的词，他只用最简单寻常的字句，却独有一种别致的韵味，叫人一读难忘。

她很奇怪，这样一个优秀的学生，怎会没被授予毕业证，只领了一张肄业证书。她忍不住问他，他也不以为忤，说给她听。

原来汪曾祺和施松卿都是1939年入校的，本应该1943年毕业，但西南联大对学生素来要求严格，只要有一科成绩不及格，学生便不能毕业。他的专业成绩虽然优秀，体育和英文却不及格，于是只能留级一年。谁知第二年政府征调1944班的学生集体上前线当翻译，不去的人就不能拿到毕业证书。他不愿参战，便没有获得学位。

他不是不在乎学位证，当初为了报考西南联大，他不惜万里跋涉，从家乡到香港，从香港到越南，再从越南来到昆明，前来报考中文系。途中他还大病一场，几乎丢了命，可最终他还是两手空空离开了西南联大。

不知施松卿听他说这段事时会怎么想，会欣赏他的傲气？为了反战连学位证都不要？

如果施松卿这么想，那在后来漫长的岁月里，一定会发现自己错了——汪曾祺不去不是为了反战，而是因为他不喜欢在校方的压力下被迫参战，不喜欢为了获取利益而违背自己的心意。

就像汪曾祺讨厌教授的严格考勤，明知逃课就会成绩不及格，可他还是照逃不误。当初他不会为了一个及格分而勉强自己，现在他亦不会为了拿一个学位而参战。

他从来都是一个随心率性的人。

每天一起上下班，施松卿和汪曾祺渐渐熟悉起来。

汪曾祺是江苏高邮人，三岁的时候，生母杨氏便过世了。后来，他又有了一位疼爱他的继母张氏，但没几年，张氏也撒手而去。第三位继母任氏是他念高中之后才进门的，他和任氏生活的时间并不长，不过，他很尊敬任氏。

汪家在高邮算不上多显贵，却也是有名的书香门第。他受过正规而完整的教育，在高邮当地读了幼稚园、小学和初中，还先后跟祖父聘请的张仲陶、韦子廉两位先生学《史记》和桐城派古文。他高中就读于江南一带很有名的江阴南菁中学，这所创立于1882年的老牌中学，出过不少名人，民国初期的江苏都督庄蕴宽、国民党元老钮永建、中共中央宣传部部长陆定一、全国人大常委会副委员长黄炎培、冰心的丈夫社会学家吴文藻等等都出身于此。可以说，他童年和少年时代所经受的良好教育为他后来的写作打下了良好的基础。

沈从文先生对他也最为看重。在沈先生的推荐下，他的小说《复仇》发表在了1941年5月2日的《大公报》上。他还写过一篇小说《灯下》，并不是很成熟的作品，沈先生却很欣赏他的白描手法，特意找了几篇类似的文章让他学习。在沈先生的指导下，他反复修改，终于改成了《异秉》，成为他所有小说里的精品。

不过沈先生的赏识并没有改变他只能肄业的命运。毕业后，他找不到工作，微薄的稿费又养活不了自己，过着一段潦倒的日子。一个同学来看望他，发现这个当年中文系最有名的才子竟然如此窘迫，极为于心不忍，便把他介绍到了建设中学教书，他的处境才略有改观。

尽管如此，他的境况也好不到哪里去。建设中学经常欠薪，他还是一如既往地贫穷着。但是，因为有了她，日子便有了另一番景象。

施松卿也不知道他们的爱情滋生于何时。她记得，最初他们只是在放学后结伴而行。她说，她觉得他的文章有古文的底子，清淡悠长，他很欣喜她懂得自己的文章，也微微有些得意。

谈论文学的时候，他总是能说上许多，意态潇洒，可只要她提英文，他立刻就佶屈聱牙了。汪曾祺的英文很差，听不懂，也不会说。见他那样，她总会忍不住笑起来，开心地大口咬下手中的胡萝卜。

施松卿喜欢吃昆明的胡萝卜，和他散步的时候，她总会向农民买一大把。昆明的胡萝卜好像和别的地方不一样，细嫩清甜，洗了可以当水果吃。听说吃胡萝卜可以养颜，她一面吃着一面不自觉地看他，他笑，说她吃了胡萝卜真的变美了，她觉得心里甜甜的，脸上却烧了起来。

大约就是从那时候起，他们的感情开始发芽的吧。

又过了一段时间，一天早晨，他们竟在大街上牵着两匹马回来。那是两匹军马，当时昆明有支军队发动兵变，被中央军队镇压，那两匹马大约是趁乱跑丢的，他俩就把这两匹马带回来养了起来。

真是难以想象，像她这样娇娇怯怯的女子，牵着一匹高大的军马走来走去。见到的人一定是骇然的，汪曾祺的好友朱德熙就说了："我去看曾祺时，在建设中学大门口，见有一个女的牵着一匹大洋马，走来走去，啧啧啧……"

她牵着马走来走去的时候，脸上一定也有着淘气又天真的笑容。

那时候，汪曾祺经常牙疼，她总叫他去看牙医。汪曾祺写过一篇小说《牙疼》，里面写道——

> 我记得很清楚，我曾经三次有叩那个颇为熟悉的小门的可能。第一次，我痛了好几天，到了晚上，S（指施松卿）陪着我，几乎是央求了，让我明天一定去看……S回福建省亲，我只身来到上海……S临别，满目含泪从船上扔下一本书来，书里夹一纸条，写的是："这一去，可该好好照顾自己了。找到事，借点薪水，第一是把牙治一治去。"

他们在建设中学待了两年。1946年7月，他们一同离开了昆明，汪曾祺去了上海，在李健吾先生的介绍下到上海致远中学做起了国文教员，而施松卿回了福建老家，在福建英华中学谋得了一个教师职位。之后，她得到了一个工作机会，去北京大学西语系给冯至先生当助教。

去北平之前，她特意去上海看了他。他的父亲汪菊生也从家乡高邮特意赶来了，和她见面后表示了认可，他俩的关系正式确定了下来。

于是，等施松卿在北平安顿下来后，汪曾祺也辞职去了北平。这是1948年，内战已经到最后阶段，时事艰难，他又一次体验到了求职无门的苦楚。

找不到工作，衣食无着，连住处也成了问题，他只能寄居在北大一个同学的宿舍里。他失业的半年里，一直是施松卿接济着他，也多亏了沈从文先生的帮忙，他才终于谋得了一个历史博物馆馆员的职位。虽然薪水依旧微薄，但他总算有了一个窝，结束了半年来动荡的生活。

又过了半年，在新中国成立前夕，汪曾祺参加了四野南下工作团，被留在武汉研口二女中担任副教导主任。两人又一次分开。

还好，他们分开的时间并不长，一年后，北京市文联成立，汪曾祺因为出众的文学才华，被调回了文联。

1950年，汪曾祺从武汉回到北京，这一年，距离他和施松卿正式确立恋爱关系也有两年了。两年来，中国发生了翻天覆地的变化，北平和平解放了，中华人民共和国成立了，他和她的爱情也终于在1950年的夏天结成了正果。

没有场面宏大的婚礼，也没有闪烁耀眼的钻戒，他穿着绿军装，她穿了一件白色的确良翻领小衬衫——都是那个年代最普通最常见的装扮——一起去办了结婚手续。尔后，两个人又在一家小相馆拍了一幅结婚照。照相的时候，他们都有些紧张，但那张照片拍得很好，相片中他和她看起来就像一对璧人。

他们还去了一家饭馆庆祝。那是家小饭馆，在中山公园附近，他们要了两碗面条。热气腾腾地端上来，他和她都吃得出了汗。

许多年后，他们总是为那天在哪家餐馆吃的面而争辩，争来争去，最后两个人都笑了。那时候，他们都老了，哪里还记得清呢。

不过，他记得面极筋，汤极鲜，那天的阳光极艳，她一面吃着，一面对他笑，额上有一层水雾般的细小汗珠，发着晶莹的光。

婚后，汪曾祺正式在北京市文联上班了。那时文联有两个刊物，《北京文艺》和《说说唱唱》，他先到《北京文艺》编辑部，后被调到《说说唱唱》编辑部，都是编辑的职位，他做了近五年。

五年后，他被调离北京市文联，到中国民间文艺研究会编《民间文学》。他的薪水涨了，待遇相当于副教授。而施松卿也在1952年被调到新华社，成为外文部的记者。

这是他们最快乐的几年。他做着自己喜欢的工作，有稳定的收入，她为他生了三个活泼可爱的孩子，一家衣食无忧，其乐融融。

然而，这样的日子并没有持续多久，反右整风运动开始了。1958年，因为一首题为《早春》的诗，他被扣上了莫须有的"反革命"罪名，被划为了右派，下放到了张家口沙岭子农业科学研究所。

临行前，施松卿为他准备要带的东西。她买了一块苏联表给他。那时候，手表还是一件奢侈品，像他这样的"右派"也许根本就不配戴。可是，她执意要买给他，她才不管他是不是右派，她只知他是即将远行的丈夫，她想买最好的东西给他。

给他戴上表的时候，她说："你放心走吧，下去好好改造。"

汪曾祺走的那天，她正在搞军事训练，请不到假来送他。他给她留了一张条子，他写："等我五年，等我改造好了回来。"

他写下这行字的时候，忍不住哭了，她下班回来，看到那张纸条，也哭了。

别人家都在忙着"划清界限"，施松卿却在忙着给他买"狼眼毫"。汪曾祺写信给她，说要稿纸和毛笔，毛笔还点明要"鸡狼毫"。这种笔市面上很少，都已经是右派了，他文人的小情调还是不改。但她并不怪他，每次上街，她总要去文具店问问，有货了就赶紧买几支存下来。她还教孩子们用汉语拼音给他写信，他每次收到信，都开心得不得了。

有她在，他安然地度过了这段"改造"岁月，而且居然写成了他新中国成立后第一篇短篇小说——《羊舍一夕》，还写了《看水》和《王全》两个短篇，这三篇作品构成了他后来出版的《羊舍的夜晚》。不仅如此，他还写了一部有趣的作品——《中国马铃薯图谱》。当时领导让他去沽源的马铃薯研究站研究马铃薯的品种，这是很枯燥无趣的活，他竟做得兴趣盎然。画一个整薯，再切开画一个剖面，画完了，"于是随手埋进牛粪火里，烤烤，吃掉。我敢说，像我一样吃过那么多品种马铃薯的，全国盖无第二人。"他的右派岁月，苦难的痕迹那样淡，和别人全然不同。

他没有对她失约，四年后，他摘掉了"右派"帽子，回到了北京，成为北京京剧团的专职编剧。

他和她又团聚在了一起，让他们小小的家恢复了往日的温馨与平静。尽管这一次，也只持续了短短的五年。

1967年，"文革"开始了，因为他的两部剧作——《小翠》《雪花飘》，汪曾祺又一次被打成了右派。

这一年，他们家的三个孩子都已经懂事，最小的孩子也已上了小学四年级。

"文革"的时代，最狂热的就是处于这样年纪的孩子，他们戴上毛主席像章，逃课，批斗老师，贴大字报，抄家……他们以革命的名义宣泄着青春期的躁动和激情。在那些被划为右派的家庭里，除了夫妻反目，父子成仇也比比皆是。可是在他家没有发生类似情况，他的孩子们一个也没有"造反"，一个也没有流露出对他的鄙夷。

在外面他已经什么都不是了，尊严早被践踏在地，可在家里，他还是父亲，还是丈夫，还是一家之主。

施松卿也像别人家的母亲那样"教育"孩子："你们几

个要站稳革命立场，要和爸爸划清界限，太亲近叫外人看到不好。"

孩子反问她："那妈妈你自己怎么不站稳立场呢？"

施松卿说："我怎么没有了？"

孩子说："你有？那你为什么还偷偷给爸爸买酒喝？"

施松卿笑了，眼角湿润。

十年浩劫，当"文革"终于过去，右派们都开始平反的时候，汪曾祺却又一次被贴了大字报。

那是1977年，"四人帮"倒台，他因为写了样板戏《沙家浜》，被认为是"四人帮"的同党，被隔离审查了。

这已是他第三次被贴大字报了，她担心他承受不了，就不断写信给在外地念书的孩子们，让他们安慰他。

两个孩子立刻给他写信，安慰他说什么也不用怕。

她和孩子们的关怀又一次温暖了他的心，让他平安走过了这段时光。

他本是对政治最不感兴趣的人，却一再卷入政治风暴里。和他同时代的文人学者，大多在这一次又一次的斗争中身心俱毁，有的死了，有的活下来却心如死灰。他的老师沈从文就曾患上精神抑郁，差点自杀，可是他没有。

历次批判运动并没有毁损他的心性和才华，他最有名的两篇小说《受戒》《大淖记事》就写于"文革"后。他还把下放时的劳动经历写成了《葡萄月令》，那篇散文美得丝毫看不出他在受苦。

1987年，汪曾祺应聂华苓和安格尔主持的爱荷华大学"国际写作计划（International Writing Program）"邀请，去美国访问和创作。他的演讲幽默风趣，在美国深受欢迎，他给施松卿写信："不知道为什么，女人都喜欢我。真是怪事。"他好像又回到了1944年的西南联大，过了那么多年，经历了那么多事，他还是当年那个中文系潇洒的才子，虽然早已双鬓如霜。

他们都老了，当年外文系那个被叫作"林黛玉"的少女，也已经是三个孩子的母亲。孩子们长大后很好奇，问他们有过怎样的爱情故事，她还是和当年劝他们和父亲"划清界限"时一样"口是心非"，撇撇嘴说："中文系的人土死了，穿着长衫，一点样子也没有，外文系的女生谁看得上！"

孩子们咯咯笑起来："那你怎么会看上爸爸？"

她的脸微微红了起来，那一刻，她仿佛又回到了许多年前，回到了那个昆明城郊的傍晚。她和他并肩走在田间小路上，她拿着一大把胡萝卜兴高采烈，他夸她一句，她的脸便烈烈烧了起来，像漫天的彩霞。

施松卿看着孩子们，像年轻的女孩子一样娇俏地笑起来："有才啊！一眼就能看得出来！"

在她的一生中，任何时候，只要提到他，她永远是骄傲的。

什么功名，什么官位，她从来就不在乎，就像北静王的那串手链，再珍贵她也不稀罕。而他的一方旧丝帕，她却会细细收藏。

　　这一生，她只要有他便足够了。

　　当所有人都离开，一切的富贵浮华都散尽了，她还会站在他的身边。

　　施松卿就是如此，汪曾祺的一生，三起三落，两次被划为右派，而她对他，从来不曾改变。

　　汪曾祺被批斗的时候，她偷偷给他买酒喝；他被下放的时候，她教孩子用拼音给他写信；他写文章写不出来的时候，她开玩笑说他"下不出蛋"；他不肯打报告要求分房的时候，她也不生气。她叫他"老头子"，笑他的可爱。

　　在那个动荡的年代里，他们的感情没有苦难的痕迹。即使在被批为右派的时候，他也能写出美如幻境的《葡萄月令》，其中一段是这样的："都说梨花像雪，其实苹果花才像雪。雪是厚重的，不是透明的。梨花像什么呢？——梨花的花瓣是月亮做的。"那样的政治形势里，他还有"小资产阶级"情调去分辨一枝梨花的美，可她并不会指责他不务正业。

　　这一生，她都是懂他的。

　　他病逝于1997年的5月，一年后，她追随而去。

金岳霖 · 林徽因

万古人间
四月天

一七八～一九一

一身诗意千寻瀑，

万古人间四月天。

◇金岳霖

1938年，秋，昆明。

9月28日这天，日军飞机突袭，昆华师范学院的宿舍楼里，空袭的警报声响得震耳欲聋。人们一窝蜂地往外涌，唯有一个人一动不动，仍待在房中看着书。

"金先生！"有人看到了他，大叫，"快跑！"

"啊？！"他迷茫地应了一声，"跑什么？"

"空袭警报啊！"

他这才如梦初醒，跟着人流跑出了楼。说时迟那时快，只听到"轰"一声巨响，宿舍楼顿时被夷为平地！

这位稀里糊涂的"金先生"不是别人，正是著名的哲学家和逻辑学家金岳霖。

金岳霖毕业于哥伦比亚大学，拿的是政治学的博士，可是他对政治"这玩意儿"一点兴趣也没有。当他发现世界上还有哲学这"有趣的东西"时，便索性转了行。

他与哲学的结缘十分偶然。有一次，他和张奚若、秦丽莲在巴黎圣米歇尔大街散步,遇到几个人吵架,一时兴起,也掺和进去争辩。辩来辩去,他对逻辑萌发了兴趣,从此一发不可收拾,深深迷上了哲学。

他勇于对传统提出质疑,据说他十几岁就从"金钱如粪土,朋友值千金"的古训中推论出"朋友如粪土"的结论。

他英文尤佳,去牛津大学做报告的时候,"因为金先生的英式英语特别高雅漂亮,牛津的教师大多数对他很尊敬",因此,他可以毫不费力地阅读西方的哲学著作,也能用英文自如地表述哲学问题。凭着这一点,他研究哲学比其他中国学者更有优势。

自身的天赋加上英文的助力,他成了"中国哲学第一人"。不过,当人问他为什么研究哲学,他却想不出什么富有哲理的答案来,只说:"我觉得它最好玩儿。"

1937年抗日战争爆发,金岳霖来到西南联大,担任哲学系教授。

平日里,他的打扮很绅士,西装革履,皮鞋纤尘不染,夏天穿短裤的话一定穿长筒袜。可是,他一年四季都戴一顶呢帽,进教室也不脱,每一学年开始,他对新生说的第一句话总是:"我的眼睛有毛病,不能摘帽子,并不是对你们不尊重,请原谅。"究竟是什么毛病,没人弄得清。

在学生们眼中,他是一个"有趣"又"随和"的教授。他教授逻辑学,这是文学院学生必修的课,但他上课时从不点名，提问的时候，他通常采取如下方式："今天，穿红毛衣的女同学回答问题。"于是，那天所有穿红毛衣的女学生都又紧张又兴奋。

任继愈[1]回忆老师："他随便得很，教授里没有像他那么随便的，他有时候在讲坛上走来走去，有时候就坐在教桌上面对着大家，在那里讲课。"

他最得意的学生叫王浩，他上课的时候，经常讲着讲着，就会停下来，问："王浩，你以为如何？"王浩受他鼓励，马上发表一通自己的看法，有时候，整堂课几乎都成了他们两人的对话。

王浩后来去了美国，也成了有名的学者。

除了研究哲学，金岳霖还是一个不折不扣的文学爱好者。正因为他有这点爱好，小说家沈从文力邀他去给萧珊、汪曾祺等一干文学青年讲课。

在联大的时候，他养了一只很大的斗鸡，"这只斗鸡能把脖子伸上来，和金先生一个桌子吃饭。"

他还到处搜罗大梨、大石榴，拿去和别的教授的孩子比赛，"比输了，就把梨或石榴送给那些小朋友，他再去买。"

抗战胜利后，西南联大各校迁回，金岳霖去了北大任教。新中国成立后，他被调任为中国科学院哲学研究所的副所长。

可他不想做官，他对官位，就像对政治学一样，丝毫不感兴趣。为此，他写了一篇《我坐在办公室办公，办了一上午，"公"却没有来》的文章，他说："他们说我应该坐办公室办公。我不知'公'是如何办的，可是办公室我总可以坐。我恭而敬之地坐在办公室，坐了整个上午，而'公'不来，根本没有人找我。我只是浪费了一个早晨而已。如果我是一个知识分子的话，我这个知识分子确实不能办事。"

而且，他简直是白纸一样的人，一应人情世故全然不通，更别提圆滑通融了。有一次，哲学所的领导去看望他，并说一些"有要求尽管提"之类的客套话，谁知他不假思索就说："我要钱。"然后掰着指头说，"我的《逻辑》不要钱，《论道》也没要钱，但《知识论》一定要给钱。"领导听了半天，才知道他指的是稿费，不免有点尴尬，可他还是愣愣地说："还是钱那个东西。"

这样的他，根本就不是一个可以当官的人，仕途的路，他不可能走得通。

后来，全国开展知识分子"上山下乡"运动，人人争着要求"下放"，以此为"仕途荣升"做准备。金岳霖则不同，他是真的拥护党的政策，准备"下放"后有所作为，为国家做出贡献。

毛泽东主席曾屡次接见过他。那时，他已经八十多岁了，毛主席和他说："你要多接触接触社会。"他不知道怎么才算接触社会，想了许久，他付钱请了一个蹬平板车的人，每天带着他去王府井一带转一圈，他坐在三轮车上东张西望，十分开心。

他正是这样一个人，一代哲学大家，却只是潜心为学，无半点争雄扬名之念。他不是淡泊名利，而是在他的赤子之心里，根本就不存在"名"的念头。

金岳霖有着孩子般的天真可爱，本着一颗纯净心灵，当他爱上一个人的时候，他的真挚感情也令人叹为观止。

他爱上的那个女子，名叫林徽因。这个毕业于美国宾夕法尼亚大学的女子是当时有名的才女，工于建筑，长于文学，而且人也生得极为清秀，是出了名的美人。

他曾做一副对联夸她："梁上君子，林下美人。"

不过，林徽因并不领情，道："真讨厌，什么美人不美人，好像一个女人没有什么可做似的。我还有好些事要做呢！"

就是她这点与众不同的个性，深深吸引了他。

他与林徽因结识于1931年，那时，她已嫁人，她的丈夫是梁启超的儿子梁思成。不过，早在1931年之前，他就已经听说过她。

那时候，金岳霖正在德国留学，有一天在餐馆吃饭的时候，突然听到隔壁大声喧哗，那间餐馆的隔音很差，对方的议论清晰地落入他的耳中。

原来是徐志摩在请大家为他离婚拿个主意。当时，徐志摩想和原配张幼仪离婚,可张幼仪死也不肯,"留德的中国学生在好事者的带领下,纷纷围将上来,拉着徐志摩要他到中国饭馆请客,以便献上锦囊妙计。"

徐志摩正深感走投无路,于是"信以为真,咬牙大放血,拿出一笔款子,请了七八人到饭馆大吃大喝一通。酒酣耳热之际,有一号称'鬼谷子'的留学生终于献出奇计,认为最可行的一条就是令徐志摩把张氏像捐麻袋一样捐献出来,移交给未婚的金岳霖为妻,众人闻听,齐声喝彩"。[2]

他听到他们议论得太不像话了,"突然冲进对方房间,将头一伸,慢腾腾地喊了声'咦——',徐志摩那白白的脸颊顿时红了半截。"

后来,他才知道,徐志摩坚持和张幼仪离婚,是因为他爱上了林徽因。

他对徐志摩的评价是"滑油",意思是指徐志摩"感情放纵,没遮没拦"。他虽是徐志摩和张幼仪离婚的见证人,但他并不看好徐志摩对林徽因的单恋。

他说:"我觉得他不自量力。林徽因和梁思成早就相识,他们是两小无猜,两小无猜啊!两家又是世交,连政治上也算世交。徐志摩总是跟着要钻进去,钻也没用!徐志摩不知趣,我很可惜徐志摩这个朋友。"

他虽然明知徐志摩对林徽因的单恋是无望的,可是,当他自己见到林徽因时,也情不自禁地爱上了她。

金岳霖是位于北平总布胡同的梁家的常客，彼时，梁家是北平最有名的文化沙龙聚集地，时人称"太太的客厅"。张奚若、陈岱孙、钱端升、周培源、胡适、朱光潜、沈从文等一干学术名流都是座上宾，每逢周六下午，大家就陆续来到梁家，一边品茶一边谈古论今。

聚会的焦点永远是林徽因，她思维敏锐，言语活泼，言辞中永远闪烁着智慧的灵光。

尽管她是别人的妻，可她的光芒那么耀眼，他忍不住想靠近。于是，他干脆也搬来总布胡同，租下梁家的房子，与他们做了邻居。

从1932年到1937年夏，他住在后院，小院，林徽因梁思成夫妇则住在前院，大院，"前后院都单门独户……除早饭在我自己家吃外，我的中饭晚饭大都搬到前院和梁家一起吃。这样的生活维持到'七七事变'为止。抗战以后，一有机会，我就住在他们家。他们在四川时，我去他家不止一次。有一次我的休息年是在他们的李庄家过的。"

抗战时，梁思成和林徽因迁居李庄，在村东头建了三间房子，他也跟了过去，在他们房子旁边修建了一座耳房。

"抗战胜利后，他们住在新林院时，我仍然同住，后来他们搬到胜园院，我才分开。我现在的家庭仍然是梁金同居。只不过是我虽仍无后，而从诚已失先，这一情况不同而已。"³

从爱上林徽因起，金岳霖便想尽办法与林家为邻，林家搬到哪里，他也随之搬到哪里，用他自己的话说就是"逐林而居"。

如此，一辈子。

对于这段感情，金岳霖很坦荡，他并不觉得他爱林徽因有什么不妥，也从没有把它当成是什么不可告人的秘密。到后来，他的恋情几乎众人皆知，连西南联大的学生也都有所耳闻。

当时还在中文系念书的汪曾祺回忆道："有一位研究印度哲学的金先生每次跑警报总要提一只很小的手提箱。箱子里不是什么别的东西，是一个女朋友写给他的信——情书。他把这些情书视如性命，有时也会拿出一两封来给别人看。没有什么不能看的，因为没有卿卿我我的肉麻的话，只是一个聪明女人对生活的感受，文字很俏皮，充满了英国式的机智，是一些很漂亮的随笔，字也很秀气。这些信实在是可以拿来出版的。金先生辛辛苦苦地保存了多年，现在大概也不知去向了，可惜。我看过这个女人的照片，人长得就像她写的那些信。"[4]

汪曾祺虽然没有写出全名，但这拎着一箱子情书跑警报的事，大约只有他这位"金先生"做得出。

当日军的空袭来临，他常常对自己身处危险毫无察觉，待在房中忘记逃跑，也曾在逃离中弄丢过辛苦写成的书稿，却始终记得将她的信带在身边，一封也没有落下。

不只是在她最美丽的时候在她身边，她在李庄病得快要死去的时候，他也顶着日军的战火，长途跋涉而来。

那时候，林徽因肺结核复发，躺在一张摇摇晃晃的行军床上，瘦得不成人形。梁思成为她得不到有效治疗而心急如焚，战乱让通货膨胀愈演愈烈，教授们的薪水却一减再减。为了给她买药，梁思成不得不当掉了金表，孩子们甚至连买鞋的钱都没有。

他来了，建了一间房住在他们旁边。

他不声不响地买了一群鸡回来养着。有一天，金岳霖来到她面前，从怀里掏出了两个温热的鸡蛋。

他摊开掌心，脸上有孩子般淘气的笑。

他的鸡蛋，是战乱中最切实的温暖。

他爱她，可他从来没有给她带来过困扰，他没有插足他们家庭的意思，相反，他很欣赏他们夫妇，觉得他们"结合得好，这不容易"。他也不在乎最后能不能得到她，他的恋爱观点是"恋爱是一个过程，恋爱的结局，结婚或不结婚，只是恋爱过程中的一个阶段，因此，恋爱的幸福与否，应从恋爱的全过程来看，而不应仅仅从恋爱的结局来衡量"。所以，他对她，一直是单纯而快乐地付出着，不计任何回报。

自始至终，他只是静静地守候在离她最近的地方。她快乐的时候，他微笑着看她；她落难的时候，他义无反顾地站出来。

被一个男人这样爱着，天下任何一个女人恐怕都会动心，而林徽因，她也是凡人。

有一天她终于开口了，向梁思成说，她苦恼极了，因为她同时爱上了两个人，不知怎么办才好。

听到这事，梁思成半天说不出话，一种无法形容的痛紧紧地抓住了他，他感到血液也凝固了，连呼吸都困难。

"我想了一夜该怎么办？我问自己，徽因到底和我幸福还是和老金一起幸福？我把自己、老金和徽因三个人反复放在天平上衡量。我觉得尽管自己在文学艺术各方面有一定的修养，但我缺少老金那哲学家的头脑，我认为自己不如老金，于是第二天，我把想了一夜的结论告诉徽因。我说她是自由的，如果她选择了老金，祝愿他们永远幸福。我们都哭了。当徽因把我的话告诉老金时，老金的回答是：'看来思成是真正爱你的，我不能去伤害一个真正爱你的人。我应该退出。'"[5]

林徽因何其有幸，能得到两份如此宽厚的爱情。这桩在任何一个家庭都会掀起轩然大波的事件，梁思成这么看："我感谢徽因，她没有把我当一个傻丈夫，她对我是坦白和信任的。"而金岳霖真的坦然退了出来，从此，他只把自己放在好朋友的位置上。

他们吵架的时候，他充当他们的"调解员"，梁思成道："我们三个人始终是好朋友。我自己在工作上遇到的难题也常去请教老金，甚至连我和徽因吵架也常要老金来'仲裁'，因为他总是那么理性，把我们因为情绪激动而搞糊涂的问题分析得一清二楚。"

她嫁了一个爱她的好男人，这就够了，他不介意她嫁的人是不是自己，他只要她幸福。

1955年，她走了。

追悼会是在北平贤良寺开的，他很悲痛，"眼泪没有停过"，金岳霖为她写的挽联是所有人里写得最好的，"一身诗意千寻瀑，万古人间四月天"，很合她的气韵，很美。

他沉浸在深深的悲伤中，几个月后，他的朋友周礼全到北大哲学楼办事，顺便去看他，"金先生要我把办公室门关上。我问他有什么事？他先不说话，后来突然说：'林徽因走了！'他一边说，一边就号啕大哭。他两只胳臂靠在办公桌上，头埋在胳臂中。他哭得那么沉痛，那么悲哀，也那么天真。我静静地站在他身旁，不知说什么好。几分钟后，他慢慢地停止哭泣。他擦干眼泪，静静地坐在椅子上，目光呆滞，一言不发。"

他终身未娶，晚年是和林徽因的长子梁从诫一同度过的。

以前，他便说"离开梁家就像失了魂一样"，到老了，他变得极度依赖梁从诫。从诫去上班的时候，他独自在家，总会不时提高嗓门喊保姆："从诫几时回来啊？"隔一会儿，他又会亲昵地问："从诫回来没有？"

作为梁思成和林徽因的儿子，梁从诫从没有排斥过父亲的这个"情敌"，他还像小时候那样亲切地叫金岳霖"金爸"。

没有人觉得金岳霖爱林徽因有什么错，更没有人会忍心伤害一颗真诚爱着的心。他那光风霁月的终生守望，值得所有人肃然起敬，梁家的后人都以尊父之礼待他。

又过了许多年，一个夏天的早晨，几个编辑去采访他，打算采集素材，写一本《林徽因传》。

那时候，他已是一个衰弱的老人，一次交谈只能十分钟，谈长点就睡着了。

他们把一本用毛笔大楷抄录的林徽因诗集给他看，他轻轻地翻着，回忆道："林徽因啊，这个人很特别，我常常不知道她在想什么。好多次她在急，好像作诗她没作出来。有句诗叫什么，哦，好像叫'黄水塘的白鸭'，大概后来诗没作成……"

慢慢地，他翻到了另一页，忽然高喊起来："哎呀，八月的忧愁！"

编辑们都吃了一惊，难以相信那高八度的惊叹声，竟是从那衰弱的躯体里发出的。

当他们取出一张林徽因的照片，问他拍照的时间背景时，他接过手，久久凝视着，嘴角渐渐下弯，仿佛要哭出来。

金岳霖一语不发，紧紧捏着照片，生怕影中人飞走似的。许久，他才抬起头，像小孩求情似的对他们说："给我吧！"

于是，他们送了他一张复制的林徽因大照片，他捧着照片，脸上的皱纹顿时舒展开了："啊，这个太好了！这个太好了！"

见他高兴，他们连忙问他，是否可以请他为《林徽因传》写一篇序言。

他认真地想了想，一字一顿道："我所有的话，都应该同她自己说。我没有机会同她说的话，我不愿意说，也不愿意有这种话！"

1984年，金岳霖去世，享年90岁。

在他去世之前，有一天，他的好友收到他的请柬，邀请大家去北京饭店赴宴。大家都莫名其妙，不知道他为何要请客。

后来大家便知道了，原来，那天是林徽因的生日。

那一年，距离林徽因去世，已经整整二十九年。

望着白发苍苍的他，在座的所有人都红了眼眶。

---

1 任继愈，金岳霖的学生，中国国家图书馆馆长。

2 见《陈寅恪与傅斯年》中"罗家伦信件披露的隐秘"。

3 见金岳霖《梁思成林徽因是我最亲密的朋友》。

4 见汪曾祺《跑警报》。

5 见林洙《我，梁思成和林徽因》。

陈岱孙·王蒂澂

比翼连枝
当日愿

一九二一-二〇七

有生之年，

我只做过一件事，

就是一直在学校教书。

◇陈岱孙

1943年，西南联大，经济系。

课室被学生们挤得水泄不通，除了经济系自己的学生，还来了许多外系外班的人。然而，这门大受欢迎的课并非什么通俗有趣的课，而是一门充斥着大量抽象名词的专业课——经济学概论。它居然吸引了那么多人，足见教授的不凡。

离上课还有五分钟的时候，一个高大的男子走了进来。他穿着熨烫妥帖的深黑西服和雪白衬衫，挺拔身姿似临风玉树，他站上台，微微一笑，那种从容不迫的高贵气质，顿时让喧嚣的课堂安静了下来。

他不急不缓地在黑板上写下了一个英文单词——"wants"（欲望，需求），然后，便从这个词开始，逐一讲述人们经济活动的起源、动力，接着再讲效用、供求、价值。他的讲解精练而条理清楚，一口国语说得抑扬顿挫、字正腔圆，听他的课简直是一种享受。据学生们说，听完他的课，笔记稍加整理便是一篇经济学佳作。

有时，他会停下来，做一些课堂解答。

"老师——"有人举手。

他的解答耐心而细致。

不久，又有人问类似的问题。

他道："这么笨？"

同学们哄然笑开，他微微扬起的嘴角有一丝善意的笑。

这位有着中国传统学者的从容不迫和英伦绅士的细致周密，还有着恰如其分的幽默感的教授，很快便成了联大学生的偶像。

他的名字叫陈岱孙。

他是福建福州人，出身于大名鼎鼎的"螺江陈氏"。陈家世代书香，最辉煌的时候，一家之中曾有六子中举，"兄弟三进士，同榜双夺魁"，清末最后一位帝师陈宝琛就是陈岱孙的伯祖父。陈岱孙的外祖家也非常显赫，外祖父、舅父都是清政府驻国外的公使。无论父系还是母系，陈岱孙的家族皆堪称名门。

陈岱孙是家中长孙，自幼聪颖，六岁入陈氏私塾，在祖父的督促下，学习了大量的中国典籍，而外祖父为他请的英文教师，也帮助他打下了良好的英文功底。十五岁的时候，他考入当地有名的鹤龄英华中学，以两年半的时间修完四年的课程，考入了当时极为难考的清华学堂。

两年后，他成功取得了公费留学的资格，负笈美国。他博士学位攻读于哈佛大学，是当时班上最年轻的博士学位获得者，同时，他还获得了美国大学生的最高奖——金钥匙奖。毕业后，他在欧洲各国短暂游历，尔后回国任教于清华。

那一年，陈岱孙不过二十六岁。

出身世家，少年成才，留学名校，高大俊朗，而且还会"打篮球、打高尔夫球、游泳、打网球、打猎、跳舞，尤其桥牌打得精彩"，这些特点简直是爱情文艺小说中一干男主角的标签，当时的陈岱孙完全符合小说中"王子"的特点。

很多年后，他的学生还记得他在网球场上的风采，说"在学校网球场上……陈先生风度翩翩……陈先生打网球，频频上网拦击制胜，引人注目"。据说，联大女生在找男友时，都声称自己要找一个像陈先生一样的人。

有那么多爱慕者，然而，他终身未娶。

以九十七岁高龄辞世的他，独自走过了一个世纪的漫长时光。

据说，陈岱孙终身未娶是因为一个女子。

十九岁那年，他与他的同学同时爱上了一位女子。两人相争，又恰逢要出国留学，于是两人击掌为约，谁先得了博士，谁娶其为妻。

这样一个契约在现代人眼中，幼稚得可笑，可是他把它当了真。

那时，青春正年少，心中有的是"五花马，千金裘，呼儿将出换美酒，与尔同销万古愁"的豪情，赤手空拳，却有决心和勇气打出一个天下。

更何况，那时的他又岂肯对谁服气。他笃信自己不会输，他会拿下这世间最负盛名的学府的博士，好等他有了坦荡前途，回来娶这他认为最好的女人。

本科毕业后，陈岱孙毫不犹豫地申请了哈佛大学。在哈佛，他的同班同学里有后来提出"垄断竞争"学说的张伯伦，有后来获得过诺贝尔经济学奖的奥林，与他同级的二十多人皆不是泛泛之辈，可他发誓要胜出，为此他不惜一切。

他的哈佛记忆，不是古老美丽的校园，亦不是同学间的游乐嬉闹，而是图书馆那间只够摆一张桌的狭窄隔间。夜深的时候，周遭宁静，他手指轻翻过书页，沙沙有声。

没有旅行，没有假期，除了两个夏天离校参加中国留美学生夏令营的二十天，他几乎没有离开过波士顿。

如此四年。

在哈佛读了七八年博士却拿不到学位的，大有人在。然而他只用了四年，就如当初离开中国时设想的那样，学成归国，并任教中国最高学府。

他像所有的陈氏子孙一样，走了一条最正统的道路，以数年的寒窗苦读换取了一个光明的前程。

现在，他可以坦然走到那个女子的面前，告诉她，他来兑现他的诺言了。

中国的戏文里反反复复上演过类似的传奇：邻家的少女永远在窗下绣着花，等那远行的士子衣锦还乡，光艳的锦，鸳鸯织就欲双飞，恰似她脸上的嫣红，似流丽的桃花。

可惜，那不是他的传奇。

他的传奇，不是"洞房花烛夜，金榜题名时"，而是"人面不知何处去，桃花依旧笑春风"。

等他归来，她已嫁作他人妇。

陈岱孙忘了，和他相约的不是他爱的女子，而是他的情敌。

他是出过帝师的陈氏子孙，天生秉承着儒家的风骨，认真恪守着君子一诺千金的誓言。

他要堂堂正正地赢。

可情场如战场，战场上多的是诡计欺诈，哪里会有不变的盟约。

他还在哈佛苦读的时候，他的情敌早已先下手为强，对那女子展开了轰轰烈烈的追求。他谨遵道义，他的情敌却不惜代价，只求结果。

最终情敌抱得美人归，而他却黯然离开，独善其身。从此之后，他一生都不曾再爱过谁，一生都不曾娶过妻。

在陈岱孙的学生眼里，那个女子也并非什么天仙般的人物，不过只是位"有文化的家庭妇女"，没有诗文传世，也不见得多倾国倾城，连名字都没有留下来。

她何其有幸，让那么优秀的他全然看不见别的女子？

她有什么好，叫他对她念念不忘一辈子？

也许，并不是世人揣度的"得不到的东西最好"，也许，他的不娶并不是因为她，而是因为爱情失败和朋友背叛的双重打击。

一路走来，无论在鹤龄中学，在清华，还是在哈佛，他都是最优秀的人。家人宠爱、同学崇拜、一路坦途的他，比别人更加无法承受失败。

而且，仅是爱情失败也就算了，更让他无法接受的是朋友的背叛。别人已经花前月下的时候，他还在一心一意地守着盟约，在这场初恋里，他就像一个傻子，被人愚弄得团团转。

这件事就像一盆冰水，迎头浇上了骄傲的他，浇灭了他一生对爱情的热情。

他的失败很"傻"，却叫人肃然起敬。他是"一诺千金的夕阳武士"，他的故事，"在这个诺言能随意打破，爱情像政治般逢场作戏的世界里，简直是个亘古神话。"

在这个世上，总有一些人用种种手段赢得天下，比如"宁叫我负天下人，不叫天下人负我"的曹操，比如"无赖近乎小儿"的刘邦。

然而，史书中却总有一个角落为那些"傻气"的人保留。他们败了，可仍被称之为英雄，比如华容道上为信义放走曹操的关羽，比如乌江边自刎以谢江东父老的项羽，又比如，陈岱孙。

关于陈岱孙的故事，还有另外一个版本。据许渊冲说，陈岱孙终身不娶，为的是一个叫王蒂澂的女子。在美国留学的时候，他和一个校友同时爱上了她，然而，王蒂澂选择了他的校友，他也坦然退出，独善其身以终老。

这个版本的故事流传得更广，故事中，王蒂澂选择的那个男子叫周培源——中国近代力学事业的奠基人之一，共和国"两弹一星"元勋十有八九是他的门生。

和王蒂澂结婚时，周培源二十七岁，是清华大学物理系的教授。同陈岱孙一样，他也是清华学堂选送的公派留学生，于加州理工学院取得了博士学位，并获得加州理工的最高荣誉奖。他的家世背景虽然不及"螺江陈氏"那么显赫，却也是书香门第，他的父亲考取过前清的秀才。清华校史馆中曾经有过一张合影，照片上的周培源挺拔儒雅，与一旁的陈岱孙相比毫不逊色。

一样的名校出身，一样的英俊潇洒，一样的才华卓越，在这两个不相伯仲的男人之间，王蒂澂选了周培源也不足为奇。

据说，王蒂澂与周培源的婚姻也极为美满，数十年后，曹禺还对周培源的女儿说："当年，你妈妈可真是个美人，你爸爸也真叫潇洒。那时，只要他们出门，我们这些青年学生就追着看。"他们的女儿说他们"一辈子都没有红过脸"。

这两个版本的故事究竟哪个是真的，已无人知晓。

前一个版本的故事，作者唐师曾承认过自己不敢核实。当年他还在北大念书的时候，多次拜会过陈岱孙，可是，"我提出过各种天真而愚蠢的问题，可就是不敢核实当年盛传于学生间的传说。环顾四壁，我相信师兄们所传是真的，从个人情感上讲，我更愿意坚信这是真的。因为这不仅与我内心儿女情长的英雄模式暗合，也更加重岱老在我面前千钧泰山的超人威严。"

而后一个版本的故事，陈岱孙的外甥女唐斯复以及周家的女儿们也都予以否认。唐斯复曾特意撰写《失实的故事》一文澄清，申明陈岱孙和周培源是情敌，不过是"文革"中的某位"天才"异想天开杜撰的"三角故事"。唐斯复说："我母亲看了大字报回家问：'大哥，这是真的吗？''瞎说！'陈先生回答得斩钉截铁。同一时间，周培源的女儿也回家问妈妈：'这是真的吗？'得到的回答同样是：'别听人瞎说！'"

细究起来，后一版故事的作者许渊冲，1943年毕业于国立西南联合大学外语系，1944年入清华大学研究院就读。按理说，他应该比1978年才进入北大的唐师曾更了解陈岱孙的事迹。

然而，陈岱孙与周培源却丝毫不像"情敌"，他们是很好的朋友，友情持续了近五十年。

　　陈岱孙是周家的常客，周培源的头发白得早，他开玩笑管周培源叫"周白毛"，时常带小外甥女唐斯复去周家玩，唐斯复说："周培源看到我们，总是挥动双手，高呼：'欢迎欢迎，热烈欢迎！'周夫人就把家里的好东西抱出来给我们吃。"

　　周家的孩子都管陈岱孙叫"陈爸"，"在我们眼里，陈爸总是一副模样，高高的个子，挺拔的身材，稳健的步伐，慈祥深邃的目光，喜怒从不形于色。父亲常说陈爸是'gentleman'（绅士派），学问好，为人宽厚、正直。妈妈说陈爸讲故事，听的人肚子都要笑破了，而他依然平静如水，就像什么都没说过一样。"长大后的周家孩子对陈岱孙也特别好，"不论哪一个出国、出差回来，买的东西第一个送陈爸。"

　　陈岱孙和周培源关系这样和谐，对于他们是情敌的说法未免也太过荒谬。他的外甥女唐斯复也说："他是独子，父亲的这一房需靠他传宗接代。就他所受的渊源家学的熏陶和为人之任的传统教育，他绝不可能为爱恋朋友之妻，忘却自己的责任，无视母亲因他未婚而终生焦虑，做出有悖于伦理道德的事。"

　　不过，在西南联大的独身教授里，金岳霖爱恋林徽因，也是林家的常客。他终身未娶，最后，是林家的孩子照顾了"金爸"的晚年。

陈岱孙与周培源的友情并不能证明什么，唐斯复和周家子女的否认，不排除有几分"为亲者讳"的可能。毕竟在那个年代，这样的"花边新闻"对一个人的声誉常常是致命的打击。

陈岱孙究竟有没有爱过王蒂澂，从传闻和否认里寻不出真相。只是，当时光渐行渐远，那段传说里的三个人都一一离世，人们却怀念起那个年代的纯情。

就算陈岱孙真的爱恋王蒂澂又怎么样，他对她的爱恋，不是"婚外情"，不是"第三者插足"，只是一个男子坚守着自己的爱情。

他没有打扰过她的家庭，没有给她造成过困扰，当她有困难的时候，他总是站出来，"我家孩子多，母亲又体弱多病，家里开销大，钱不够用，经常是陈爸慷慨解囊相助。"

他的爱，不像唐斯复所说"违背伦理道德"，现在已经不会有人再那么想。

在这个爱情常被随意抛弃和背叛的年代，陈岱孙式的爱情太过珍贵。也许在当今世上，再也不会有人用一生的时光来守望一段无望的感情。

关于陈岱孙的独身，他的外甥女唐斯复说过一个完全不同的理由，她说："正因为陈岱孙先生求学、治学专心致志，性格内向、矜持、洁身自好，又强调婚姻必须两相情愿……还因为父亲逝世尽孝服丧失去婚姻良机等原因，让他独自度过丝毫没有蝇苟的纯洁一生。"

不管陈岱孙独身的原因是不是真的这么简单，唐斯复对陈岱孙一生的评价却是中肯——"纯洁"。他任教七十年，把清白的一生悉数献给了教育事业。

抗日战争打响的时候，他连家都没来得及回，直接随清华南迁。抵达长沙时，除了身上穿的一件白夏布长衫，别无长物。

他一贯是整洁的人，在他自己家中，衣物、书本甚至杯碟都摆放在固定的地方，床单被罩都浆洗得洁白如新，甚至烧水的茶壶都套着针织的套子。可是，清华南迁时，教授们一起住在条件简陋的大升旅馆，有人因此产生摩擦，他与朱自清同居一室，却没有一言抱怨，还写了一副诙谐的对联，联语曰：

小住为佳，得小住且小住。
如何是好，愿如何便如何。

按理说，出身世家，在优越的环境中长大，在清华工作又拿着四百银圆的高月薪，应该最不能忍受生活的艰苦。可是在西南联大的八年，他住过戏院的包厢，尝过吃了上顿没下顿的苦，承受过手稿在战争中化为乌有的打击，却依然坚持了下来。

在艰难的环境中，他也保持了自身的高洁。

解放北平前夕，清华大学校长梅贻琦劝他去台湾，说："这是飞台湾的最后一班飞机了。蒋先生请您一定动身，到台湾再办清华大学。"

他谢绝了，因为国民党的腐败让他失望，他不愿再接受国民党的统治，他选择了留下。

当"文革"来临，他也被打为"资产阶级学术权威"，可因为他一贯的品德，竟没有被关"牛棚"。据说，工宣队、军宣队都为他的气度所震，没有对他直呼姓名，而是尊称他"陈先生"。他那样的出身，又曾留美，居然在"文革"中保全下来，简直是个奇迹。

"文革"时期，陈岱孙救济过一个学生，那是他三十年前教过的学生。这名学生在1957年被划为"右派"，不仅被开除公职，还一度患上精神病而被送入精神病院。出院后找不到工作，一家老小生活无着，几乎靠乞讨度日，自家的亲友害怕受连累，避而远之。唯有陈岱孙——他三十年前的老师，一个已经70多岁的白发苍苍的老人，冒着包庇"右派"、被批斗专政的风险，向濒临绝境的学生伸出援助之手。

陈岱孙从自己的薪水中每月挤出五元钱，救济这位学生，他不是接济一天两天、一个月两个月，而是连续八年，直到学生被平反。

那时候五元钱是很大一笔数目，足以养活一家人。八年来，就是靠着这每月五元钱，徘徊在死亡边缘的一家人才走过了最困难的时期。

在"文革"中，北大物理系的叶企孙被冤入狱，罪名是"叛徒""特务"。叶企孙没有结过婚，出狱后，重病的叶企孙无人照料，陈岱孙不顾被牵连的风险，总是去看他，给他送食物和营养品，直到叶企孙去世。

在"文革"中，陈岱孙的学生和朋友都遭受迫害，因为"学工"，他甚至没能给母亲送终。他对"文革"应该有埋怨的，可是"文革"后，当北京大学的工农兵大学生因为基础差而受到歧视时，他又一次挺身而出，他说："这样对待他们不公平，他们也是时代的受害者，我来给他们上课。"于是他增加课时，为他们补课，累得整个人都瘦脱了形。

他一直在接济和救助别人，就仿佛他仍是陈家的公子，不用为钱发愁。他名校毕业，曾经翩翩正年少，游学欧洲各国，为了听一场最纯正的歌剧，他不惜专程从巴黎赶去意大利。可那是他回不去的少年时代。现在的他，只是一个清贫的老人，他的生活也时常陷入困境，直到1995年，他的月工资实发也不过八百六十元。

他就是这样一个人，曾有过富足的生活，可始终觉得钱是身外之物。他经历过贫穷，然而在最艰难的环境中，也没有丢掉从小教养得到的高洁。

他与人交往从不为利益，所以在"文革"中，他不怕受牵连，坦然接济他的学生，照料他的朋友。

他处事也不因时世而改变，始终有自己的原则和良心，"文革"后他也不歧视工农兵大学生，替他们说话，为他们补课。

他重义，为了一句承诺，可以等待六年；

他重情，为了心爱的女子，可以守望一生。

1995年，他九十五岁生日的那天，北京大学为他举办了盛大的庆祝会，他的学生们从世界各地赶来，有的已白发苍苍。

他的致辞简短极了，他说："在过去这几十年中，我只做了一件事，就是一直在学校教书。"

除此无他。

他是真正的贵族。

贵族不是有几座豪宅、几辆名车就可以成就的，而是——哪怕在西南联大破落的茅草校舍里，也能像他一样西装革履，衬衫袖口永远雪白，法式袖扣一丝不苟地扣上；下雨的时候，也能像他一样，在漏雨的校舍里一面讲课，一面露出儒雅温文的笑容。

1998年，他去世了。

在他生命的最后一天，他从昏迷中醒来，要看钟。他的子侄们拿给他，看后，他点了点头。

　　在生命的最后阶段，他仍保留了每天6时30分起床的习惯，他说的最后一句话是"这里是清华大学"。

　　在"贵族"已被用滥的时代，他是最后的真正的贵族。

卞之琳・张充和

心悦君兮
君不知

二〇八-二二三

你站在桥上看风景

看风景人在桥上看你

明月装饰了你的窗子

你装饰了别人的梦

◇卞之琳

1933年，北平，沈家客厅。

这一天，卞之琳同往常一样，前往位于北平西城达子营的沈家做客。

卞之琳是江苏海门人。1929年，19岁的他考入了北大外文系，他的同学里有后来成为著名散文家的李广田和写《画梦录》的何其芳。

卞之琳大一的时候就开始写诗了，他的诗深得徐志摩和沈从文的赞赏，他们甚至决定支持他出一本诗集，徐志摩还答应为他写序，特意在《新月诗刊》上刊登宣传。

然而，诗集并没有如期出版。1931年的某天，徐志摩飞机失事，葬身在济南弥漫的大雾里。

他听说徐志摩是去赶赴一场演讲。做演讲的那个女子，是徐志摩曾深深爱恋却没有结果的人。

痴。他想，若是自己，恐怕是做不到的。

许多年以后，他才发现，其实他一样做得到。

他们都是诗人，爱而不得，始终执着，这是诗人与生俱来的。

卞之琳的第一本诗集叫《三秋草》，是在沈从文的帮助下出版的，由此，他与沈从文熟悉起来。

沈从文还在青岛大学任教的时候，他便去探访过。后来，沈从文与张兆和结婚，从青岛搬到了北平，他也就成了沈家的常客。沈家的孩子都同他熟悉了，并亲切地叫他"诗人舅舅"。

这天，卞之琳刚到沈家门前便听到一阵笑语，他推门进去，沈夫人张兆和指着一位少女向他道："之琳，来，给你介绍个朋友。"

穿着天青色旗袍的少女扬起头来，向他清冷一笑。

那是怎样一种震撼，他仿佛看到一朵素淡白莲瞬间绽开于清波碧水间。

北平的晚夏，长风带着槐花微凉的气息穿堂而过。

这个笑容从此终生莫忘。

他很快便知道了，少女名叫张充和，是沈夫人张兆和的妹妹。

在苏州，九如巷张家是有名的书香门第，姊妹四人中，充和最小，却最为灵巧。工诗词，擅丹青，通音律，尤长昆曲，能将一折《游园惊梦》唱得曲尽其妙。

张充和从苏州赶来北平，参加姐姐的婚礼，然后便留了下来，计划报考北大。当时北大的入学考试要考数学，而她之前并没有学过，对数学一窍不通。

他问她，有没有考虑过补习一年再考？

她淡淡一笑，并不答言。

这次会面后不久，他听说北大中文系录取了一位叫张旋的考生。那学生数学得了零分，本来不够入学资格，却因为国文得了满分而被破格录取。

他后来才知道，这个考生就是张充和，为了不沾在北大任教的姐夫沈从文的光，她用了"张旋"这个化名。

同充和熟悉之后，他发现她其实并不像初次相见时那么冷淡，反倒是个极善谈的女子，对诗文时事，她总有自己的看法。

卞之琳总微笑着倾听。

他觉得这个张家最小的女儿与传统意义上的大家闺秀并不一样，她的言语很少有"婉约"的拐弯抹角，反而一针见血，直指内心。

一贯敏感优柔的他，分外迷恋她的理性与爽快。他觉得他们"彼此有相通的一点"。

他开始给她写信，但每每涉及感情，他又迟疑起来。

他不确定她的态度，沈家的客人很多，她不单与他交谈，与其他客人也一样相谈甚欢。看不出她对他与对其他人有何不同，他不敢贸然表白。

思前想后，卞之琳只好把他绵密的感情写入诗里，寄给张充和。他还写一些生活中的琐事，林林总总，借此来暗喻他的爱情。

他写了很多封，但她一封也没有回过。

他既焦灼又懊恼，那年大学毕业，他本打算留在北平当翻译，却因为张充和的"视而不见"，他决意要逃离。

他想趁自己还未深陷情网时，用距离阻断这刚刚萌芽的爱情。

他跑去河北保定的育德中学做了代课老师。

然而，他低估了自己，即使远远离开北平，他仍忘不掉她。更要命的是，因为不能时时相见，他的爱越发强烈起来。

这一年的十月，他写了一首诗给她。诗中的男子私心钦慕着一位女子，却始终不敢表白，只敢站在远处的"楼上"偷偷看她，只敢在梦里追寻她的印迹，那看风景的女子却浑然不觉。

这首诗就是《断章》——

> 你站在桥上看风景
> 看风景人在楼上看你
> 明月装饰了你的窗子

你装饰了别人的梦

这是他最有名的一首诗，那含蓄矜持的男主角就是他自己。

这样的相思，让他无法安心在保定待下去。一个学期后，便辞职回了北平。

他下决心要采取些行动，于是，他常请几位好友来做客，顺带也邀请充和出席。

可他这样遮遮掩掩的"示爱"根本不对充和的胃口，她烦他的"婆婆妈妈""不够爽快"，对他毫无感觉。

1936年，张充和因病辍学，回了苏州老家。

卞之琳跑去苏州看她，好客的张家姐弟留他住了几天，还陪他游览了一番江南名胜。

这大约是他与她离得最近的一次了，他心中有盛大的欢喜。

姑苏风景如画，她陪着他，走在那些曲曲折折的小巷里，青石铺就的地面一下雨便透出柔润的天青色，她穿着绣花鞋轻轻踏在上面，旗袍上那枝折枝兰摇曳生姿。

她很喜欢穿旗袍，去天台山的时候，她也穿了一条改良的旗袍。结果爬到中途便累得不行了，他走在前面，她仰头向他道："你拉我一把。"

她伸出的手修长纤细，似玉石雕就般完美，就像第一次见着她时一样，他心中猛然一震。

他怎么也伸不出手去。

他对她竟然是敬畏的，他不敢。

离开时，张充和陪他去逛观前街，在路边的小摊上，他们坐下来，喝了一碗赤豆糖粥。米粥洁白细滑，滚烫的赤豆糊一浇上去，桂花糖浓浓的香味便溢了上来。

她轻轻搅着那碗粥，和他说着话，偶尔一笑，明眸皓齿。

在桂花的甜香里，他突然有了一种想要流泪的冲动。

后来他在《雕虫纪历·自序》回忆这段姑苏行，他写：
"不料事隔三年多，我们彼此有缘重逢，就发现这竟是彼此无心或有意共同栽培的一粒种子，突然萌发，甚至含苞了。我开始做起好梦，开始私下深切感受这方面的悲欢。"

"悲欢"——他欢的是与她相逢相聚，悲的是他还是不敢表白。除了看看她，他什么也不敢做。张充和不喜欢他优柔寡断的性子，他反反复复欲说还休的示爱态度，她都不喜欢。她评价他，"多疑使得他不自信，文弱使他抑制冲动……""与他性情不投，谈不来"。

张充和幼年时便过继给了祖母，身为李鸿章侄女的祖母一心想把她培养成一个真正的大家闺秀，对她教育严格。等祖母过世后回到苏州，她的母亲也已经不在了。

在她的成长过程里，温柔的母爱始终是缺席的。

她养成了一副清冷的性子。

卞之琳不是她心中向往的男子，她更喜欢那种果敢的男子，爱或不爱，都有着一往直前的执着。

以卞之琳的敏感，自然能察觉充和的心意，他"隐隐在希望中又预感到无望，预感到这还是不会开花结果。仿佛作为雪泥鸿爪，留个纪念，就写了《无题》这种诗"。

……

百转千回都不跟你讲，

水有愁，水自哀，水愿意载你。

……

这首诗有一种怅然的忧伤在里面，说不尽，道不明。

1937年，杭州。卞之琳把这年所作的十八首诗加上前两年的各一首，编成了《装饰集》赠她。

这些诗都是为她而写的，在扉页上，他特意写道："献给张充和。"

他苦苦等着她的回音。

那一年，卞之琳住在雁荡山的慈悲寺里，穿行大半个山野，去取她的信。

六七月间，正是江南的雨季，他常常走在漫天的雨幕里，心中有凄凉的甜蜜。

然而，她的回答却是，她并不爱他。张充和甚至对他的诗评价也不高，觉得"缺乏深度"。

她和她的二姐张兆和不一样，沈从文追兆和，兆和说她"顽固地不爱他"，可她却在沈从文旷日弥久的追求下慢慢动心。

可充和，她才是真的顽固，她根本不为他的"甜言蜜语"所动，对他赠诗赠文的"小情小调"也毫无兴趣。

那些别的女孩子动容的"浪漫"在充和这里，什么也算不上。

充和的爱与不爱，始终泾渭分明。

不久后，卞之琳应四川大学文学院院长朱光潜的邀请，聘入川大外文系任教师，而充和也于次年的三月中旬来到成都，借住在了二姐允和家里。

在成都青城山，她填了三阕词——《菩萨蛮》《鹧鸪天》《鹊桥仙》。其中一阕写得慷慨激昂："有些凉意，昨宵雨急，独上危岑伫立。轻云不解化龙蛇，只贴鬓凝成珠饰。连山千里，遥山一碧，空断凭虚双翼。盘老树历千年，凭问取个中消息。"

张充和把这三首诗寄给了卞之琳。

那时抗日战争正打得如火如荼，他本来"由于爱国心、正义感的推动，也想到延安去访问一次，特别是到敌后浴血奋战的部队去生活一番"，收到她的诗，他更受鼓舞。

他把它当成了充和让他投身家国大事的暗示。于是，那个夏天，他怀抱着满腔热情，与好友何其芳夫妇到了延安。

卞之琳去了延安和太行山抗日根据地访问，并任教于鲁迅艺术文学院，他还创作了诗集《慰劳信集》与报告文学集《第七七二团在太行山一带》。

这些作品一反他素日诗歌的忧郁，充满着昂扬的激情。

他很想让她看到他的报国热情。

然而，等他从延安回到川大，期待与张充和见面的时候，她已离开了成都，去了昆明。于是他匆匆追随了去。

遗憾的是，她的单位又即将搬迁至重庆。

战乱中的分别，再见不知何夕。

终于，他痛下决心向她表白。

结果可想而知，他"受到了关键性的挫折"。她决然地走了，他留在原地，黯然神伤。

纵然被拒了，卞之琳对充和仍是痴心不改。他留在昆明，去了西南联大外文系教书。傍晚在溪边散步的时候，他总用叶子叠成小船，放上一朵鲜花，或一个泛白的螺蚌，让小船顺流而去。

这小小的船载着他的爱，他想象它终有一天会漂到两千里外的充和身边，会被她欣然捧起，含笑接受。若是小船被一个浪头掀翻了，他的眼里便会泪雾蒙蒙。

卞之琳的苦恋几乎众人皆知。

尤其他的好友夏济安知道。除夕时，他们一起吃年夜饭，他感慨道："少年掉牙齿自己会长，中年脱牙没法长全；少年失恋，容易补全，中年失恋才真悲伤。"

夏济安同情地看着他，在那天的日记里写："张某某之脱离他，对他真是一大打击，痛苦不过偶然表露一下。"

沈从文也知道，用悲悯而忧伤的语气在《二黑》中写他："然而这个大院中，却又迁来一个寄居者，一个从爱情得失中产生灵感的诗人，住在那个善于唱歌吹笛的聪敏女孩子原来所住的小房中，想从窗口间一霎微光，或者书本中一点偶然留下的花朵微香，以及一个消失在时间后业已多日的微笑影子，返回过去，稳定目前，创造未来。或在绝对孤寂中，用少量精美的文字，来排比个人梦的形式与联想的微妙发展。"

连沈家五岁的孩子也知道了，虎虎对父母说，他做了个梦，梦见四姨坐了条"大船"从远方回来，"诗人舅舅在堤上，拍拍手，说好好"。

他尝试过让她回心转意。1943年初，卞之琳鼓足勇气去了一趟重庆，找着了张充和，也逗留了数日，但她仍拒了他。

充和的性情就是这样清冷坚决，她不爱的人，就算那人做再多，就算全世界的人都说他好，也只是枉然。

他想转移他失恋的痛，"埋头写起一部终归失败的长篇小说来了"，小说起名为《山山水水》，写了"一对青年男女的悲欢离合"，其实那是写他自己。

在好友王辛笛家，他取出随身携带的《数行卷》，那条幅是充和手书，抄写的是他的《断章》《圆宝盒》等七首诗篇。充和的字师从书法大师沈尹默，无论行书、章草还是工楷，皆是上乘。

他望着她的字，突然又有了一种想要落泪的冲动。

她会认真为他写字，她会欢欢喜喜陪他爬山，她会在街头捧着一碗粥向他明眸皓齿地笑，可她顽固地不爱他。

卞之琳又一次想到逃离，他申请去英国牛津大学任访问学者，这一次，他企图用更远的距离来阻断他无望的单恋。

临行前，他去与她话别。

张充和送他出了巷口，和他说再见。然后，她转身离开。那天，她穿一袭天青色的旗袍，在姑苏的迷蒙烟雨里渐行渐远。

他看了她的背影许久，可她连头都没有回，挺直的背似一枝幽兰，清冷地开在雨巷里。

等他从英国回来的时候，她已经走了，她去了美国。她嫁给别人了，一个叫傅汉思的美国人，北大西洋文学的教授。他听说，她与他一见如故，七个月后，他们便成了婚。他什么也没有说，心里却有什么东西一点一点地撕裂开来。他恋了她十年啊，抵不过她爱的人和她在一起七个月。

张充和走后，卞之琳去过一趟苏州。九如巷张家已经人去楼空，他就住在充和的闺房里，夜里，他枯坐在充和的书桌前，试图找寻一点她旧日的痕迹。

他很幸运，在抽屉里赫然瞥见一束书稿，竟是当年沈尹默为她圈改过的词稿。

这是她走后的第五年。1953年的新中国正在开展轰轰烈烈的"第一个五年计划"，他的工作不再是写诗，而是参与农业生产合作化。外间世界变化得翻天覆地，可她的字却仍安安静静地留在这里，仿佛什么也没有发生。

他拂落尘埃，带走了它。

张充和结婚七年后，卞之琳也结婚了，他的妻子叫青林，瓜子脸，杏仁眼，颇有些像她。那年，他已经四十五岁了。他在《鱼化石》里写：

> 我要有你的怀抱的形状，
> 我往往溶于水的线条。
> 你真象（像）镜子一样的爱我呢，
> 你我都远了乃有了鱼化石。

她嫁了，他娶了，他和她真的都远了，隔着一个浩瀚的太平洋，颠倒了白天黑夜。再见面时，时光已悠悠过去二十五年。

卞之琳去美国做学术访问，在耶鲁的校园里，他见着了张充和，她任教于耶鲁大学艺术系。那年他已经七十了，她也不再是当年北平沈家客厅那清冷的少女，但是，他很快便发现了，这么多年过去，她什么也没有改变。

她还穿着旗袍，衣襟上用的是老式繁复的盘花扣。读书、绘画、习书法、唱昆曲，她居然还把昆曲搬上了耶鲁的讲台，收了西方的弟子，一板一眼地示范甩水袖，教他们唱"水磨腔"，把他们一个个熏陶成了昆曲的痴迷者。

无论从前还是现在，无论东方还是西方，她始终"顽固"地活在她的小天地里。

卞之琳把他在苏州带走的诗稿还给了她，那几页纸他保存了近三十年，躲过了"文革"浩劫，今天完璧归赵；而张充和则送了他两张录音带，里面录得是她近年来唱的几支昆曲选段。

她同他挥手告别，他望着她的背影，她老是老了，可那穿着旗袍的身姿仍如年轻时一般仪态端方，挺直的背似一枝雅致的兰。

一波连着一波的政治运动让"闺秀"不复存在。1985年的中国，只剩下一个个的革命女同志，而在她身上，他终于又一次见到了久违的清芬。

1986年，汤显祖逝世三百七十年，张充和应邀到北京参加汤显祖纪念活动，她与大姐元和一起演了一出《游园惊梦》。她已垂垂老矣，可扮上妆容，往台上一立，却仍是袅袅娜娜，她的水袖轻轻一扬，便赢了满堂彩。

他在台下，看着她唱《皂罗袍》：

　　原来姹紫嫣红开遍，
　　似这般都付与断井颓垣，
　　良辰美景奈何天，
　　赏心乐事谁家院。
　　……

　　他在台下仰头看她，她清冷的声音一字一句敲入他心里。

　　他突然想起许多年前的那个下午，在北平的沈家客厅里，沈夫人指着充和说，之琳，来，给你介绍个朋友。张充和就坐在那雕花长窗下，向他轻轻颔首而笑。他记得那天她穿一件青色旗袍，那种青色像雨后的天空，他还记得风里有槐花的微凉香气。他又突然想起了徐志摩，他曾感叹过徐志摩爱而不得的痴心，不想后来，他也有了同样的命运。徐志摩最有名的《再别康桥》是为那女子而写，一如他最出名的《断章》，也是写给张充和。

　　卞之琳一生中最好的诗篇都出自苦恋充和的日子，苦恋常常会成就一个诗人。可是，如果他可以选择，他宁可不要这样的成就，只要和她在一起。

　　这是他和她的最后一次见面。后来，他没有再见过她。

　　卞之琳去世于2000年，一个世纪新旧交替的年头。去世前的某个黄昏，他放了她在美国送他的录音带。窗外的音像店正大声播着流行歌曲，港台歌星扭动着身体，吼得声嘶力竭，他走过去，轻轻关上了窗。

曾经在西南联大的时候，他也有过几张她的铝制唱片。张充和离开昆明后，他总是拿来一遍遍地播，她唱得真美极了，将一折《题曲》唱得哀怨动人。

昆明细雨如丝的日子，那种老式的唱片机偶尔会卡住，一瞬间的恍惚，他仿佛又看到她的笑，似清波碧水，净日莲花。桌上，录音机徐徐转着，她唱的仍是那折《题曲》："冷雨幽窗不可听，挑灯闲看《牡丹亭》。人间亦有痴于我，岂独伤心是小青！"她的声音已不复年轻时娇嫩，添了几分苍凉，可，她唱得仍然美极了。

他静默听着，泪水缓缓流了下来。

夏济安·李　彦

光如日月

皎若琉璃

我是绝对的贞洁主义者，这一世如果找不到十全十美的对象，也许只能同女人不来往，永不结婚了。这样对于自己也许太残酷，然而不这样做，我的心就不能安。

◇夏济安

1945年，西南联大，英文作文课。

讲授这门课程的教授叫夏济安。在中英翻译学的学科史上，"夏济安"是一个不容忽略的名字。他是国际公认的研究中国新文学的专家，他所选注的《现代英文选评注》至今仍是大学英文系学生的必读书。他还用英文写过评论二三十年代文学的专著《黑暗的闸门》，文章颇有十九世纪维多利亚文体的精妙，清丽婉约中又蕴十足气势，不必说在中国，即使在以英文为母语的国度，也是一流的。

他还编译过一本《美国散文选》，编入从爱德华兹到麦尔维尔，包括富兰克林、爱默生、霍桑、梭罗等名家在内的美国文学史上的经典散文十六篇，除爱默生的《梭罗》一篇是张爱玲翻译外，其余都是他译著的。他的译笔极其典雅优美，每一篇译文都是佳作。

但1945年的夏济安，还远没这么出色。那时候，他还只是一个二十九岁的青年，从上海光华大学英文系毕业后，陆续担任过中央军校第七分校、国立东方语文专科学校等的英文教员。尔后，他来到了西南联大。

相对叶公超、吴宓、钱钟书等一干联大英文系名教授，他只是再普通不过的教员。他常穿一件灰色旧大衣在校园里行走，除了因有肺病而比旁人更消瘦些外，看起来并无特异之处。

夏济安负责教大一新生。在西南联大，大一的英文作文课采取分组教学。一切仿佛是冥冥中已注定好的，在1945年的秋天，夏济安走进了H组英文作文课的课堂。在那里，他遇见了一个少女，并不可救药地爱上了她。这一次恋爱成了他一生独身的开端。

少女名叫李彦，当年十九岁，生得极其清丽，娇嫩洁白的肌肤和轮廓姣好的脸庞都像极了电影女星林翠，他一见她便莫名地喜欢。他将她的选课单悄悄留了下来，郑重其事地贴在了自己的日记本里。那张选课单是这样的——

国立西南联大大学学生选习学程单

民国卅四年至卅五年

学程：英文作文 组别：H

教师：王高祥 学期学分：2

学生：李彦 学号：34345

系别：历史学 年级：一

（此联即上课证经课程股盖章持交教师）

课程：2102-34-30，000注册组课程股（紫色印章）

大一英文课本来是由王高祥老师教授的，可后来又有变更，于是在"教师"这一栏上，"王高祥"的名字又被换成了"夏济安"。

他把这纸条看了许多次，每个字他都熟记在心。李彦课卷上忘记写名字，他认得出她的笔迹，随手就补上了她的姓名学号。她的姓名学号他早已记得滚瓜烂熟，在他脑中占据了极其重要的位置。[1]

上课的时候，夏济安总是看她。她的发型、衣着，甚至手指上戴一枚戒指这样的细微之处，他都一一留心并一笔笔记在日记中。

他写："她不烫发，不长不短，柔曲而并不太黑的美发，恰巧衬托出脸蛋的圆浑。眼睛虽不大，却并非没有秀美。"

他写："今天她穿了一件新的浅青灰色的绒线夹克，戴了一双黑皮手套。她没穿过大衣，最初看见她时，是件上胸有一条（两条？）红条的浅灰色绒线衣，最近两个月是件黑色拉链的绒线衣，旗袍总是很干净的深青布的。她的趣味是很素雅的。"

他还写："R.E.坐在第一排，看见了不免又动心，发现一点：左手无名指上有一枚翡翠金戒。"

夏济安在西南联大的一年，几乎每一篇日记里都有李彦的名字。

她哪一天不来上课，他就惴惴不安；她来上课时，只要对他说一句话，他就能高兴许久，上八九堂课都兴奋异常。

在校园里遇到她，他忍不住想跟着她走；看电影时，他觉得每位漂亮女主角都和她有几分相像；睡觉时，他一想到她，就激动得难以入眠，又绝望得痛哭流涕……

她的影在秋日的阳光下长长拖下来，密密覆盖了1945年的他。

有一日，夏济安去天主教堂，阳光从教堂顶五彩的玻璃方砖里照入，映在端然微笑的圣母像脸上，突然有了一种活泼生气。他望着圣母的脸，觉得李彦和圣母简直长得一模一样，他痴狂地向圣母跪倒，向她唱颂歌，如痴如醉，忘记周围一切。

他觉得李彦的出现是上帝的安排，有了她，他从自我的泥沼里被拯救出来。为了解她，他特意布置了一项作文《My Life》（《我的小传》），她交了作文之后，他欣喜至极，竟将她的原文一字不落抄在了日记本上。

于是他得知，她是湖南长沙人，家中长女，日军攻占湖南时，她逃难到了昆明。入学前，她在美军医院做工贴补生活，相对赚钱的艰辛，她觉得还是学校生活更好。

夏济安在日记中评论，她的英文文字很坏，平时交课业，她写的文章错误很多。比起张充和这样的联大才女，李彦没有显赫的家世，没有出众的才华，也没有太多远大的理想，她觉得学校生活更好的原因，只是因为赚钱不易。

李彦实在是一个再普通不过的女生，可他把她当成女神去爱。

他对她，就像当时西南联大的另一位教授沈从文对张兆和。沈从文也称呼张兆和为"女神"，觉得自己就算"如一个奴隶蹲下用嘴接近你的脚，也近于十分亵渎了你的美丽"。可沈从文对"女神"至少有所行动，一封封写着情书，盼着"女神"的垂怜，而他却完全被自己一手缔造的光环唬住，不敢向前，"我很想要她，而如果我有勇气表白的话，她可能成为我的，可是不然！我保持着沉默，除了上帝之外，我的秘密不能告诉任何人。"

拼命压抑情感让夏济安感到痛苦，于是，他开始冥想和李彦恋爱的种种情景来宣泄。比如，带她出去见朋友会很有面子。又比如，和她结婚后，"sex方面我相信我们两人的配合，一定可使阴阳调和。"甚至他还预想了他们在一起生活后可能遇到的麻烦，一个是方言问题，他是苏州人，而李彦是湖南人，"苏州话是一种很好的语言，我舍不得放弃，除非她亦跟我学"，另一个是饮食习惯，湖南人爱吃辣，"她做的菜是不是都辣的？我现在虽稍能吃辣，但天天吃辣，可亦吃不消。"

在冥想中，夏济安已俨然把李彦当成了自己的妻子。可在现实生活中，他却一再迟疑，反反复复，磨磨蹭蹭，毫无作为。

他不敢和她聊天，不敢正面问她问题，他只好借用教师的身份，继续布置些如《我的小传》之类"别有用心"的作文题。3月6日，他出的题目是"An unforgettable motion picture"（一场难忘的电影），她讲的是《窗中少妇》（爱德华·罗宾逊和琼·贝内特主演），"上周才演过，我偏偏错过，真该死……《窗中少妇》恐怕不会再来昆明了，现在正演贝蒂·葛莱宝主演的《美人游春图》。"

他错过了电影，可为了她的喜好，他花高价从另一位热衷搜书的教授手中将《窗中少妇》的原著挖过来。他翻阅那书的时候，看到书中男主角是一位五十六岁的英文教授，而电影中，男主角的扮相也不怎么年轻，可"不知怎地，她作文算他'About thirty years old'（约卅岁）"。他心里突然非常欢喜，因为他觉得她既然能把一个年过半百的男子看得那样年轻，那么她看正当青年的他，"应当更年轻了。"

这样想着，他有了一点信心，于是他打算"待大考之后，把书包好，托传达室给她"，可是下一秒，他鼓足的勇气又消失殆尽，他说："我将不具名，亦不附任何字句，她假如聪明的话，也会猜得出是什么人送的。让她知道一点，天下有这样一个痴人就够了。"

对李彦，他永远是这样，每每鼓足勇气采取行动之前，他都要在脑海里预演无数回，设想好任何一种可能发生的结果。最终，却什么也没去做。

他向朋友倾诉，朋友建议他求亲，他当即认可了，甚至连找谁提亲都想好了。可过两天，他又觉得提亲是旧时代的东西，不适合她这样的人。

他想向她写情书表白，可他又觉得李彦对他根本不热情，一定不爱他，那样的话，表白就成了强迫。

他一会儿觉得自己应该娶她，一会儿又觉得应该专注事业不谈感情，甚至连爱不爱她，他都一再犹豫。前一天夜里还爱她，做梦都梦见她，第二天中午又觉得自己并不是真爱她，也许换一个别的女生也会这样单恋。

整整一年的时间，夏济安在日记里反反复复写着他矛盾的爱情。明知是一杯苦酒，他却始终不肯咽下，一再细品那苦味，辨识它的来源。

"唯一可以使我随便同她结婚的理由，是我的命运主义。"（二月二十六日星期二）

"下课回家后，整天觉得犹豫不堪。我和她的认识，一方面使我自觉神经病的严重，一方面就是

使我感觉无比的寂寞——这寂寞是任何好朋友好书所不能解慰的。"（二月二十七日星期三）

"我为人悲观倾向太强，好向根本空虚处着想，这种人实不应该结婚，结婚后难有幸福，而且将有害妻子的幸福。所以为R.E.计，还是让她嫁一个稳健踏实，少耽于冥想，心理健康的人，对她有利。我应该放弃。"（七月五日星期五）

爱还是不爱，等待还是行动，满怀希望又深深绝望，就像他自己在日记中所写，他就像哈姆雷特一般陷入了自我矛盾之中。他反复拷问自己的灵魂，无休止地纠结，却永无实际行动。

夏济安毫无作为的爱情，在日复一日的冥想中，变成了一场不折不扣的精神恋爱。除此之外，他还排斥着欲望，他对李彦，简直抱着一种宗教信徒的朝圣心态，仿佛有一点点欲望就会亵渎了她。他的爱，全然得至纯至美。

"我同她之间的爱，犹如未吃禁果前的亚当夏娃之间的爱，这是上帝也不反对的。"（三月二十一日，星期四）

"她的模样看来比她实际年龄还要年轻，我见了只有爱怜，邪念是一点没有的。"（二月

二十七日，星期三）

　　"对李彦就不一样了，我从来没有梦见过和她有肉体的接触，真的，自我来到上海以后，只梦见过她一回，梦里的她带着惊奇的表情在看着那一所大学的告示牌，我走近她的身边，想去帮助她，如此而已。"（八月十日，星期六）

　　但，他又不是反对欲望，而是追求极度的灵肉合一。与此相伴的，还有他对自己近似于苛责的道德自律。

　　夏济安觉得爱情是最崇高的，而情欲只有在爱的前提下才是无罪的，否则，单纯的情欲只是罪恶。他忏悔过梦中对一个中学生模样的女孩子抱有欲念，因为他不爱她，而且违背了他"做一个好人"的道德准则，他认真地发誓——

　　"这一辈子假如不能娶到李彦做太太，将守一辈子童贞……我年岁已大，生理上实很有需要。不过同任何女子发生了关系，只有使我更难过，因一则对不起李彦，二则别的都不完美……"（六月二十五日，星期五）

　　他并非单纯的禁欲主义者，可是他觉得只有爱一个人并且有了婚姻的情况下，情欲才是美好的。而且他反对无爱的婚姻，他觉得"我是绝对的贞洁主义者，这一世如果找不到十全十美的对象，也许只能同女人不来往，永不结婚了。这样对于自己也许太残酷，然而不这样做，我的心就不能安"。

正因为他将爱情过度理想化，他对李彦迟迟不敢有行动。他把爱情摆在那样崇高的位置上，李彦也就被他无限拔高，完美得几乎不真实。

他越是这样想，就越发害怕接触她，他怕他走近了，发现她根本就没有他想象中那么完美。

就像在天主教堂，他远远地看到圣母像，他跪倒膜拜，只因圣母像她。可是，临了散场，他走近细看，又觉得圣母的眼睛是蓝的，凹下去的，和李彦并不一样，他失望至极。

李彦不是"圣母"。其实，那一刻他已经隐隐察觉，他爱上的是他冥想中的完美"女神"，而不是真实的李彦。他知道，他若真的靠近了，"女神"便不复存在。所以，他犹豫了。

与其走近后承受偶像幻灭的失望，不如远远观望，比起现实的残缺，他更沉迷于冥想世界的完美。

夏济安一生皆是如此。

他在西南联大待了差不多一年。1946年，抗日战争已全面胜利，西南联大即将解散，北大、清华、南开将迁回故地，他也决定在这年五月离开昆明，从重庆辗转北上。

这年四月，H组的英文课结束了。最后的几天，李彦都没来上课，他一方面在课堂上苦苦寻觅她的身影，还向她的朋友打听她，另一方面又疑心她在逃避他。最后，他终于下定决心写一封长信，在他离开之前交给她。

那封信一共写了七千多字，可是，她突然出现了。四月底的一天，他如往常一样去开门时，才发现门外是她。

她是同另一个女学生一起来的，俏立门外，望着他，她笑意盈盈。原来她是来交作业的，他请她们进来坐，才知道她没来上课是因为得了伤寒。

两个人说了十多分钟的话，她只不过想打听一下期末考试都考些什么，可他望着她柔和的脸，却觉得她处处流露出喜欢他的意思。尤其是她问他为什么不同学校一起走，他当下就笃定认为，她这句话是表达亲近的意思。这给了他极大的勇气，他终于把那本高价收购的《窗中少妇》当面赠给了她。

过了几天，她又来了一次，还是那女学生陪她一起来的。这一次，他们聊了一个多钟头。她似乎着意打扮过，腕上还戴了只漂亮的手表，她问一些英文书目，还说了一些闲话。她离他很近，身上散发着淡淡的幽香。他约她大考完见面，那个瞬间，他终于下定决心，在下次约会的时候把那封示爱长信亲自交给她。

这一次约会原本可以成为他们恋爱的开端，可夏济安把信交给李彦的时候，却同她大吵了一架。因为什么原因吵架，他没有记入日记中，可是第一次约会便以争吵告终，对任何人而言，都是匪夷所思的事，更何况他还在冥想中把约会场景排演过数回。

这一桩事更加充分地证明了，他对冥想的迷恋，远甚过现实。他把李彦想得太过完美，导致他完全无法面对真实的她。他对"女神"走下神坛深感失望，在他自己都毫无察觉的情况下，借由吵架宣泄了出来。

夏济安对爱情的这种极端理想主义，应该追溯到他的少年时代。同那个时代大部分的中国少年一样，在他们整个青春期里，性是被压抑的禁忌。少年们同女性的交往极少，导致长大后的他们同女性交往的经验苍白得可怜，他们不知该用怎样的态度对待女性。面对爱情，他们常常措手不及，完全不知该用一种怎样的方式继续，"愈是碰到美色当前，内心愈觉悲哀。"

他的家庭，他的病，他朦胧的初恋，也成了笼罩他的阴影，改变了他对女性和爱情的态度。

他承认自己有"神经病"，"成因有三：一、父亲少年时吃喝嫖赌，曾使母亲很不快乐，我为报答母亲，行为力求方正，与父亲绝对相反。为母亲起见，我不情愿外面再来一个女人。所以我一直到高中时，人家提起亲事，还会放声大哭。二、二十岁开始害肺病。力杜邪念，使我正常的感情变成冷淡。三、逃难到上海时，与十六岁的家和有朦胧的爱恋。但家和忽然不理我了，使我非常伤自尊。从此见了未婚漂亮女子，只想逃避。"

有了这种种原因，他对李彦几乎是一场注定失败的爱恋。他的弟弟夏志清曾引用艾略特评价《奥赛罗》的话，说他是一个"爱得不够聪明却爱得很深的人"。夏志清说得很对，在整场爱恋里，他扮演着一个"悲剧性的禁欲主义者的角色"。

五月，夏济安离开了昆明。离开前的最后一夜，他把珍藏的九部英文典籍和一封信托人带给了李彦，在信的结尾，他写道——

　　夜深了，外面在刮风，似乎还在下雨，窗外黑漆漆的。再有四个钟头，我要离开靛花巷。一个人摸索到航空公司去。再有六个钟头，我就要离开昆明。后会有期，愿各自珍重，并颂晚安。

他和她没有"后会"，夜雨的昆明，是他与她分别前的最后记忆。

之后，夏济安在北大任教了两年。在1949年新中国成立前夕，他离开大陆去了香港，短期任教于新亚书院。1950年秋，他去了台北，任教于台湾大学外语系。也就是从那时起，他开始在译坛崭露头角，除此之外，他对现代文学也有不可泯灭的贡献。

他创办《文学杂志》，主张"朴素的、清醒的、理智的"文学观，对台湾文学影响深远。他的弟子白先勇、欧阳子、陈若曦等人，奠定了早期台湾文学的基础。而他最大的贡献，莫过于对张爱玲的推崇。他是最早把张爱玲介绍给台湾读者的人，在台湾主编《文学杂志》时，他连续发表了张爱玲的小说和译文，他还和张爱玲共同翻译了《美国散文选》，爱默生的《梭罗》便是出自张爱玲的译笔。尽管《美国散文选》中只有这一篇是张爱玲所译，但在版权页上仍郑重其事地印着"译者：夏济安，张爱玲"。是他，让这个几乎被人遗忘的才女作家重新进入了人们的视野。

在台大，他又爱上了一位女学生，名叫董同琏。距离他在西南联大，时光已悠悠过去十年。

这一年，夏济安年近不惑，已是一位颇有名气和地位的学者，台北美国新闻处正准备安排他前往美国印第安纳大学交流。临行前，他把犹豫已久的情书递给了董同琏，和当年写给李彦的那封情书一样，这一封他也写了洋洋洒洒数十页。

然而，这场爱恋的结果，与他二十九岁那年并无二致。他失败了，回复他痴恋的，是她的婚讯。

1959年，他再次赴美，任教于华盛顿大学和加州大学伯克利分校，并兼任中国问题研究中心的研究员。

六年后，他因脑溢血去世，享年五十，终身未娶。

如果爱情也是一门宗教，那么他就是背负着沉重十字架的信徒。他背负着冥想中的完美爱情，忠诚地走在朝圣的路上，却被压弯了腰。他走不动，也抛不下。

这条朝圣的路，他注定走不到尽头。

让时光重回1945年，那时，二十九岁的夏济安正在西南联大，矛盾地爱着一个名叫李彦的女孩儿。那是一场不折不扣的柏拉图之恋。

在一个阳光极好的冬日，他站在课堂上，远远看她。她正伏案疾书，肌肤那么娇嫩，仿佛能掐出水来，柔曲的黑发垂下来，衬出侧脸完美的轮廓。她的座位就在窗边，二月微微的暖阳笼罩着她，凝神专注的样子让他心潮澎湃。

他忍不住稍稍侧身，遮住了一道光，于是，他的影斜斜落在了她桌上，她埋头写作的脸靠上了他影子的头。课室里那样静，他看着那道影，悄然微笑，仿佛她真的吻了他一般，他笑得心满意足。

第一次也是唯一的一次，他"吻"了她的脸。他和她最亲密的关系，也止步于此，连一个牵手也没有。

李彦是幸运的，没有什么比一个男人不涉情欲的爱更叫人震撼。

1945年的她，曾拥有过这世间最纯净的爱恋。

---

1 见《夏济安日记》二月十二日。

朱自清 · 陈竹隐

浮生若梦，
为欢几何

月亮渐渐地升高了，墙外马路上孩子们的欢笑，也已经听不见了，妻在房里拍着闰儿，迷迷糊糊哼着眠歌……世界上只你一个人真关心我，真同情我。

◇朱自清

1917年，南京，浦口车站。

一位父亲送他即将赶赴北平的儿子，他说："你路上小心，夜里要警醒些，不要受凉。"他还细细嘱咐茶房，托他们照顾一点儿子。

车快要开了，儿子道："爸爸，你走吧。"

父亲迟疑着，突然道："我买几个橘子去，你就在此处，不要走动。"

他下车，穿过铁道，爬上对面的月台。他是个胖子，攀爬的时候，使上了十分力道，望着他蹒跚的背影，儿子流下了眼泪。

后来，儿子为这次送别写了一篇文章，文中那穿一件藏青色棉袍，捧着一堆朱红色橘子的父亲，感动了几代中国人。

这篇文章便是《背影》，这个儿子，名叫朱自清。

朱自清祖籍浙江绍兴，祖父朱则余，曾任江苏东海县任承审官十余年，父亲名为朱鸿钧，光绪二十七年任职于扬州府江都县邵伯镇，两年后，迁至扬州。从此，一家人便在扬州定居下来。因此，朱自清也常自号"扬州人"。

朱自清原名自华，取自苏东坡的诗句"腹有诗书气自华"。少年时代，他就读于江苏第八中学，毕业后考取了北京大学。同年，他遵父母之命，娶了妻子武钟谦。

他与武氏的婚礼办得很体面，他并不知道，家中的境况已大不如前。为这场婚礼，家中竭尽了全力。

随后，朱自清告别新婚妻子，北上求学。就在这过后不久，父亲便丢了官，他这才从家书的只言片语里知道了家中的窘况。于是，他决定提早完成学业，减轻一点家中的负担。

本来，北大规定学生应该读两年预科之后，才能报本科。他便把名字"自华"改为了"自清"，混入了本科考场，提前一年结束了预科。

然而，祸不单行，1917年的冬天，他接到家中噩耗，祖母过世了。他从北平匆匆赶回扬州奔丧，萧瑟灰暗的天空之下，家中触目皆是一片凄凉的景象[1]——昔日的古钟、朱红胆瓶、碧玉如意、板桥手迹——不见了踪迹，据说是都拿去典当了。偌大一个花厅里只剩下几幅清人字画，一张竹帘……

他站在一地枯枝败叶的院子里，心情一点点沉下去。他知道家境不如从前了，却不承想衰败如斯。去年他那场体面的婚礼，真是难为了父亲。

几个弟妹披着孝布，立在门口等他，一个个冻得缩手缩脚。他轻轻叹了一口气，拉起一个弟弟的手说："我要争取再早一年毕业。"

他的父亲沉默着，半晌，缓缓同他说道："我来为你定做件紫毛大衣吧，北平冷。"

他不肯要，但父亲到底还是做了。他走的那天，父亲拿给他，上好的紫毛皮，手摸上去有柔滑的触感。他回北平上学，父亲也要去南京谋职求生计，于是他们同行至南京，在浦口车站分别。

在那个萧瑟的冬日，望着父亲那只穿了一件旧棉袍的背影，他拥着紫毛大衣，泪流满面。

1920年，他果然从北大提前毕业。在杭州第一师范教习一段时间后，他回到母校江苏八中任职。

他终于有了薪水，可以负担家中经济，除此，他还替父亲还了一部分高利贷。可就在这时，他和父亲有了矛盾，原因是父亲凭着自己与校长的私交，让校长将他的薪水直接送至家里。这让他生了很大的气。

朱自清在北平上学已经好几年了，他的父亲并不了解自己儿子经历了怎样的变化。在新文化运动的发源之地——北京大学，他的思想也接受着民主与独立精神的洗礼。他参加了"新潮社"，亲身参与《新潮》刊物的创办，他写《怅惘》《小草》等新诗，与傅斯年、叶圣陶、杨振声等社员一起，高举"伦理革命"的旗帜，高呼"被推着，被挽着，长只在俯俯仰仰间，何曾做得一分半儿主？"，痛斥封建家庭是万恶之源。这样一个他，怎甘于被父亲管制？

他不是不肯补贴家用，只是他不喜欢父亲的专制。父亲越过他，直接领走他的薪水，让他觉得经济上不再自由。在他所接受的新式教育中，个性解放是第一位的，他渴望父亲尊重他的自主权，这才让他有人格独立的感觉。

可是父亲并不明白，父亲只知道千百年来的中国家长都是这么做的。养儿防老，他曾用尽全力供养儿子，现在该轮到羽翼丰满的雏凤反哺风烛残年的老凤了。当他遭遇儿子的反抗时，他并不懂这反抗来自何方，为此，他决定使用父亲的强权，让儿子屈服，让他明白这是每一代中国儿孙应尽的义务。

最终的结果是，谁也不服谁，谁也不肯让步。在父亲执意领走他的薪水一个月后，他愤然辞了职。

在这父子失和的家庭矛盾中，最可怜的是他的妻子——为他生了一双儿女的武钟谦。

他新婚伊始就前往北平求学了，而她常年留在家中，替他恪守孝道。然而，自她进门，朱家的境况便一日不如一日，挨穷她不怕，怕的是婆婆直接把她看成了"扫把星"，仿佛她把败落的晦气带进了门。

她只管低头忍着。旧式女子除了一味顺从，又有什么法子？无非是背人处多抹几把眼泪罢了，《浮生六记》里的芸娘是这样，武钟谦也是这样。

后来，他写过一篇《笑的历史》，那里面写了一个原本爱笑爱娇的少奶奶，"婆婆却发话了。她说，'少奶奶真爱笑！家里到这地步，怎么一点不晓得愁呢！怎么还能这样嘻嘻哈哈的呢！'她的神气严厉极了，叫我害怕，更叫我难堪！"，于是，少奶奶从此不敢再笑。到后来，少奶奶的丈夫大金与家人因为钱财的事闹了矛盾，婆婆便更不高兴了，将这一切归咎于少奶奶的挑唆，只抱怨她"说你怎样不懂事，怎样不顾家，怎样只管自己用"，到最后大金气得离家出走了，婆婆便大骂少奶奶，"这总是少奶奶的鬼！我们家真晦气，媳妇也娶不到一个好的！自从她进门，你就不曾有过好差事，家境是一天坏似一天！现在又给大金出主意，想教他不寄钱回家；又挑唆他和我吵，使你们一家不和！真真八败命！"，且是"她在对面房里，故意高声说，教我听得清楚"。[2]

在那样艰窘的处境中，少奶奶简直要被逼死。

文中的这位少奶奶，其实就是武钟谦。

朱自清从扬州辞职之后，武钟谦和孩子便被赶回了娘家。可她的娘家是怎样的境况呢？她很早就没了母亲，父亲又另娶了个女人。自从她被朱家逐回，后母的冷嘲热讽便没一刻消停过，家中冷得就像个冰窖子。可她还得赔着笑脸，硬着头皮住下去，直到三个月后，他来将她和孩子们接去杭州。

在武钟谦的操持下，他们的小家庭有模有样地建立起来了。她一刻也闲不下来，做饭、洗衣她都很在行，就是生下孩子"坐月子"的时候，她也只是歇个四五天就起来了，说"躺着家里事就没有条理"。

朱自清与父亲的关系仍僵着，他曾尝试过调和。1922年的暑假，他携妻儿回过一趟扬州，可父亲先是不许他进门。后来在众人劝解下，他进家了，父亲又始终不肯理睬，于是几天后，他悻悻离去。

1923年暑假，他又回去过一趟，但他和父亲的矛盾并没有缓解。在《毁灭》里，他称这是"骨肉间的仇恨"。

与父亲闹到这样地步，而自己的小家庭中，又陆续添了几名子女，平添了许多吃穿用度，经济立刻紧张起来。在亲情的失落和生活的压力下，他的脾气变差了，有时候迁怒于她，冲她发脾气。

但她总是隐忍地让着他，一句嘴也不回，有时候委屈极了，便沉默着流泪。不管他怎样生气，不管生活是好是坏，她从来都没有发过脾气，连一句怨言都没有——别说怨丈夫，就是怨命也没有过。

所有的苦，武钟谦都柔顺温婉地一力承担了下来。初嫁他时，她是爱说爱笑的活泼少女，而现在，她也渐渐成了一个时常忧郁的妇人。

1924年的某天，朱自清看到她在厨房忙碌的身影，不由得愧疚，提笔写了一篇《笑的历史》。写了一个可怜的少奶奶的苦，他在文中替武钟谦说了心里话，道："几时让我再能像'娘在时'那样随随便便，痛痛快快地笑一回呢？"

　　也就是这篇文章的发表，更激化了他与父亲的矛盾。他只是单纯想表达对妻子的同情与理解，父亲却觉得他将"家丑外扬"，那段时间，他们的矛盾走到了一个不可调和的境地。

　　那段艰难的日子，她成了他全部的温暖，"世界上只你一个人真关心我，真同情我""外边虽老是冬天，家里却老是春天。有一回我上街去，回来的时候，楼下厨房的大方窗开着，并排地挨着她们母子三个，三张脸都带着天真的微笑向着我，似乎台州空空的，只有我们四人，天地空空的，也只有我们四人。"

　　1925年，俞平伯为朱自清介绍了一个任教清华的工作，他随即携她和孩子们赴任。北上的列车上，她和孩子们睡沉了，他望着窗外，不知怎地，突然想起父亲来。

　　那一年，家境萧条到那样田地，该当的都当了，连过冬的衣服都没留下几件，父亲却仍执意为他定做一件紫毛皮的大衣，一路将他送到浦口车站。就在那里，父亲攀越两个月台，为他买橘子，那微胖的蹒跚背影，让他泪流满面。

　　想到那一大捧朱红色的橘子，他的眼眶又要红了，一种强烈的自责突然涌上心来。

原来一转眼就已过八年，父亲老了，他也已是几个孩子的爹。一瞬间，他突然明白过来，什么自由、民主、独立，都是虚幻啊，那时候真是太"聪明"了，其实人世间又有什么比亲情更值得珍惜呢。

这一年，他写下了《背影》。当他的弟弟国华把《背影》散文集拿给他的父亲看时，老人家已经行动不便了。年迈的父亲慢慢挪到窗前，依靠在小椅子上，戴着老花眼镜，一字一句读《背影》，他的手颤抖得厉害，昏黄的眼里，也似猛然放出了光彩。

因为这篇文章，父子冰释前嫌。而这篇短短的散文，也被认为是朱自清最好的作品，感动了一代又一代的国人。

看到朱自清与父亲终于和好，武钟谦也长吁了一口气。这时，时常的低烧正折磨着她，为了怕他烦恼，她一直瞒着，直到被他瞧出来了，找了一个大夫过来看，才知道她已经病入膏肓，"一个肺已烂了一个大窟窿。"

他让她听大夫的劝，去西山静养，可她仍舍不得花钱，丢不开孩子和一大堆家务，他只得送她回扬州老家养病。走的时候，她瘦得只剩一把骨头，他送她去车站，她忍不住哭起来，拉着他的手道："还不知能不能再见。"

他难受极了，勉力笑着说："傻气。"

她大约是知道自己不能好了，病中总同他说："我死了，这一大群孩子可苦了。"回到扬州不久，她便死了，临终前，还嫌独住的小住宅没有客厅，怕他回去不便。

她是熬到油尽灯枯了，还记得父亲将她许配朱家的时候，她闻说是嫁给一位才子，心中喜不待言。从此，她便把一生都系在他身上了。

她不识什么字，可逃难的时候，别的女人带着金银细软，她却带着一箱箱书，都是他的书。虽然他从没和她提过爱书，可是她懂得。

一路上，别人都笑她是傻子，她却道："没有书怎么教书，何况他又爱那玩意儿。"就这样，为着他一点喜爱，她带着沉重的书，翻山越岭，东躲西藏。虽然她不懂书里写了什么，也不懂他的世界，可是她用她的爱，保护了他的天空。

他有名的那篇《荷塘月色》，亦是和她在一起时写的，"月亮渐渐地升高了，墙外马路上孩子们的欢笑，也已经听不见了，妻在房里拍着闰儿，迷迷糊糊哼着眠歌……"这是多么温馨的场景。

武钟谦这样的旧式女子，为了一个男人逆来顺受得失去了自己，也许不够独立，但这样的一个女子，仍值得尊重。

在民国，她才是卑微到尘埃里，却从尘埃里开出花来的人。

她走后，朱自清续弦陈竹隐，比他小七岁的陈竹隐毕业于北平艺术学校，是齐白石的弟子，尤工书画。

见陈竹隐的时候，朱自清穿了一件米黄色的绸大褂，戴一副眼镜，然而脚上却穿了一双老款的"双梁鞋"。就为这双鞋，他被陪陈竹隐前来的女同学大大笑话了一番，女同学还坚决地和陈竹隐说，不能嫁给这样的土包子。

陈竹隐也很犹豫，倒不是因为他"土"，而是因为他是六个孩子的父亲。她想到自己即将成为这么多孩子的后母，就觉得心慌。于是，第二次见面之后，她便疏远了他。

然而一年之后，她还是嫁给了他，是因为他的情书。一个美文家的情书总是很难让人拒绝，更何况他还不止写了一封，他写了整整七十一封。

那年，陈竹隐已经二十七岁了，就算放在现在，也已是大龄女青年了。而且她的家境也很差，父母在她十六岁那年就亡故了，她靠着做接线生挣了点钱，才有机会来北平念书。在这样一种境况下，她很容易就被朱自清打动了，虽然他有一大堆孩子，但是他诚心想娶她，她也就愿意嫁了。

1931年5月18日，朱自清的情书中写："隐：十六那晚是很可纪念的，我们决定了一件大事，谢谢你。想送你一个戒指，下星期六可以一同去看。"

他们一起去看了戒指。朱自清欧洲访学结束后，两个人在上海结了婚。

一开始他们过得并不开心，他已经习惯武钟谦无微不至的照顾了，陈竹隐却是与武钟谦全然不同的人。

虽然有心理准备，可当她真的步入朱家，面对六个幼小的孩子，陈竹隐全然不知所措。小孩子哭哭闹闹要吃要喝，而朱自清又是个对家务完全不在行的人。于是，家务琐事都落到了她一个人身上，几乎填满了她所有的时间。

日子久了，她未免厌烦起来。她不是武钟谦，除了家，她还渴望有别的生活，比如绘画，比如昆曲。可是现在，她再也没有时间做了，她忍不住抱怨起来。

而他也烦，从前武钟谦在的时候，他什么都不用管，只要安心写作便可。而现在，由于她不善料理家务，他的工作也受到了干扰，从前那些灵动飘逸的才思似乎都找不见了，每天熬夜写稿，一天也不过写四五百字。

他们的战争终于爆发了。

有一天，朱自清下班回家，发现饭菜凉了，便埋怨了一句，从前武钟谦在的时候是不会这样的。顿时，她隐忍的不快一股脑儿发泄了出来，叮叮当当就摔了锅碗。

又有一次，陈竹隐的朋友宁太太来访，两个女子在客厅聊得兴起，完全忘了在一旁读报的他。他受到干扰，脸露不悦，竟是一句话也没同宁太太说，让对方尴尬不已。

在两个人闹矛盾的日子里，陈竹隐开始怀念婚前的日子。那时候，他一封封写情书给她，那些柔情蜜意的情话足以点亮她的每个夜晚，那时候，她是被他宠爱着的小女子。

可婚后呢？婚后她成了六个孩子的妈，为这前妻的几个孩子，她必须无条件牺牲自己的一切时间。她努力应对着一大家人的生活，他却一再将她与武钟谦比来比去，一个活生生的陈竹隐总比不过死去的武钟谦。

如此想着，她终是忍不住哭了起来。

她一哭，他的心突然就软了。这个小他七岁的女子，泪眼汪汪里是掩不住的憔悴。他静默地听她一边哭一边说，懂了她的不易。

曾经，他因追求个性伤到了自己的父亲，他与家人关系的僵持也伤到了武钟谦。而现在，命运将她带到他的身边，这一次，轮到他来做些改变了。

他决定每天抽出一些时间来陪她。把孩子们安顿好后，他陪她出门散步，偶尔也去听听戏。在这样和谐的相处中，她渐渐快乐起来。

一同散步的时候，他会絮絮同她谈些诗文。有一次，他写《女人》，道："在路上走，远远的有妇人来了，我的眼睛像蜜蜂们嗅着花香，直攫过去。"这个"攫"字原本是指手的动作，他写的时候，灵机一动便用在这里。回头看时，他微微有些迟疑，可陈竹隐想了想，说："这样一用，更可见急切和热烈的心情了。"

这样的交流多了，他发现了她的好，他们的感情渐渐好了起来。

1948年，朱自清去世。之后，陈竹隐一直善待着他的孩子，在他和武钟谦所生的大儿子生活困难的时候，她每个月都会给这个继子寄去一半的薪水。

他走后，陈竹隐的事业做得很优秀。新中国成立后，她曾任北京市第四、五、六届政协委员，北京市第六届妇联委员及清华大学工会副主席。然而，她没有再嫁，余生所有的闲暇时间都用来编撰书稿。

如果说武钟谦带给他的是"润物细无声"的体贴照顾，那么陈竹隐带来的便是"心有灵犀一点通"的默契和鸣。前者是母亲式的，而后者是知己式的，这两者都是男人渴求的美好。

有些人终其一生都不曾拥有过其中一种，而他很幸运，拥有了两个好女人。

---

1 见朱国华《朱自清写〈背影〉的背景》。
2 见朱自清《笑的历史》。

图书在版编目（ＣＩＰ）数据

岁月满屋梁 / 许岚枫著. -- 南京 ：江苏凤凰文艺
出版社，2018.2
　ISBN 978-7-5594-1258-4

Ⅰ. ①岁… Ⅱ. ①许… Ⅲ. ①随笔－作品集－中国－
当代 Ⅳ. ①I267.1

中国版本图书馆CIP数据核字(2017)第253460号

书　　　　名　**岁月满屋梁**
作　　　　者　许岚枫
出 版 统 筹　黄小初　沈浛颖
选 题 策 划　北京记忆坊文化
选 题 出 品　麦书房文化
责 任 编 辑　姚　丽
特 约 策 划　麦　坚
特 约 编 辑　诗　杰　朱　雀
责 任 监 制　刘　巍　江伟明
装 帧 设 计　胡靳一
出 版 发 行　江苏凤凰文艺出版社
出版社地址　南京市中央路165号，邮编：210009
出版社网址　http://www.jswenyi.com
印　　　　刷　北京中科印刷有限公司
开　　　　本　880毫米×1230毫米　1/32
字　　　　数　158千字
印　　　　张　8
版　　　　次　2018年2月第1版，2018年2月第1次印刷
标 准 书 号　ISBN 978-7-5594-1258-4
定　　　　价　46.00元

影视版权抢订热线　　010-57194853
江苏凤凰文艺版图书凡印刷、装订错误可随时向承印厂调换